오나비

김용우 장편소설

도서출판 **상상인**

차례

오나비 _ 004

책을 덮기 전 만나는 작가 _ 244

1

냉동 전기 자재 매장에 길고양이 새끼가 낯짝을 내밀었다. 여자 화장실에? 느닷없는 길고양이 출현에 경악했다. 당장 내치려 했지만 만만치 않은 현실이 앞을 가로막았다.

냉동 전기 자재 자영업을 지속해온 사람은 급속한 변화를 피부병만큼이나 싫어했다. 고정관념이라기보다는 정권이 바뀔 때마다 새로운 법령을 따라야 해서였다. 대한민국은 IMF를 벗어나기 무섭게 인적자원의 차별화가 선명하게 나타났다. 붕어빵 장사와 유사했던 자재 자영업에도 파급력이 밀려들었다.

나는 35년을 냉동 전기 자재상 자영업을 지속해왔다. 주거생활과 밀접한 자재상은 취급 품목만 천 종류가 훨씬 넘었다. 취급 자재마다 전기와의 연관성 때문에 각종 규제 역시 만만치 않았다. 복합적 요소가 많아 규모를 떠나 호락호락한 장사는 아니었다. 그만큼 변수가 많은 자재상을 지속해왔는데, 5년마다 바뀌는 정부 정책은 혼란스럽기만 했다. 자재 자영업은 지역마다의 구분을 원했지만, 국가는 자영업 활성화만 정책의 감초로 여겼다. 자영업 활성화는 정권이 바뀔 때마다 달랐다. 새로운 정부가 출현하면 일자리 창출을 만병통치약처럼 여겨가며 정책 기조로 삼았다. 널려 있는 일자리 개선책보다는 새로운 일자리 창출에 기함해 버린 나는, 혁신적인 정부가 나타나길 바랐다. 나름 기대했던 새로운 18대 정부가 출범했다.

경제개발. 새마을운동의 유전자가 살아있을 거라 여긴 자영업자는 대대적으로 환영했다. 국민교육 헌장 시대를 살아온 나는, 산만해져 가는 세상을 강단 있게 바로잡아줄 수 있는 강력한 대통령이 되어주길 바랐다. 중산층 70% 공약은 환영했는데, 일자리 '늘/지/오'는 그 나물에 그 밥 같았다. 대형 사고와 질병이 범람했고 말발굽 소리만 요란했다. 청기와집에 안착한 대통령은 지하자금 흐름을 고물상이라 여겼든지 고물상부터 압박해왔다. 폐지나 고철 판매 대금 오만 원이면 세금계산서를 발행하라는 고물상 세무 법을 만들어 냈다. 중산층 70% 공약은 발톱 없는 송골매와 유사했다.

35년을 자영업으로 살아온 나는, 어느새 꼰대 반열에 방석을 깔고 있었다. 66세에 꼰대라는 작위作爲가 불편했는데 노슬아치라 했다. 세속 변천이 너무나 빨라서 고집불통 늙은이라 한들 어쩔 수 없었다. 지난했던 세월을 억척스럽게 살아온 삶은 구시대의 산물이 아니었고 어리석은 삶이 아니었다. 무지와 함께하여 현 세태를 따라잡을 수 없어 수입품 말들은 알아듣지 못했을 뿐이었다. 주도권이 아닌, 이니셔티브나 신뢰 프로세스라는 말엔 어리둥절했다. 자영업 활성화란 처우 개선이라 여겼으나 그마저 착각이었다. 먼저 세무 행정 네트워크를 갖추라는 명이었다.

전자세금계산서, 국세청 홈택스 이세로라고 했다. 세금계산서는 담배만큼 알고 있었지만, 홈택스 이세로는 생소하게 여겨졌다. 이따위 지식을 갖췄더라면 애당초 골머리 복잡한 자재 자영업에 발을 내밀지 않았을 것이다. 방석이 찌들어 있는 자영업자들은 거의 컴맹이었다. 자영업 컴맹을 압박해 오는 내면에는 정치적 계산서가 포함되어 있었다. 일자리 창출 밑밥이었다. '경단녀'라 일컫는 구청 추천 컴퓨터 알바를 고용하라는 암시였다.

내가 35년을 지탱해온 자재 자영업은 직원 2명과 함

께 꾸려왔다. 결혼 전부터 착수한 일종의 사업이었고 생계의 발판이었다. 국가 행정명령은 언제나 서슬 퍼런 칼날이었다. 지시 불이행은 득보다는 항상 실이 뒤따랐다. 어쩔 수 없이 구청 추천을 받아 컴퓨터 전공 싱글맘을 채용해 놓고 컴퓨터 네트워크를 갖춰 나갔다.

장사로 먹고 살아가는 인간에게 '장사꾼'이라 함은 절대로 손해 보는 짓은 않는다는 뜻이었다. 그렇기에 엄격한 행정명령이라지만 사각지대는 잔존해 있으리라 여겼다. 일말의 기대감이었는데 허울에 불과했다. 입사 경리의 일과란 세무 행정 보조역할일 뿐이었다. 그러니까 35년을 수기로 작성해왔던 가게 매출 금액을 컴퓨터로 대체하라는 말과 같았다. 이런 일과는 매월 돈을 받아 가는 고용 세무사가 정리해 주었다. 실상 컴퓨터 전공 경리 일과는 가게 일상에 아무런 도움이 되지 않았다. 이해할 수 없는 법령이 불필요한 경리만 채용하게끔 만들어 놓았다. 하긴 세상살이는 물렁물렁한 땅을 맨발로 밟아가며 살아가는 곳은 아니었다. 울며 겨자 먹기식 경리가 해내야 할 일이란 사무실 의자 하나만 꿰차는 형국이었다. 어이가 없었으나 이 또한 18대 정부의 방침과 맞물려 있었다.

싱글맘 경리는 초등학생 딸과 함께 살아가고 있었

다. 허깨비 같은 그녀가 해내야 할 일과란 고객들의 냉동 전기 자재 주문 통화뿐이었다. 35년 세월을 경리 없이 유지해온 가게는 거칠면서 건조했다. 몇 년 전부터 냉동 전기자재상 종사자는 거의 3D 노동자로 여겼다. 세파의 유산인 육두문자쯤은 일상용어와 같았다. 취급해야 할 냉동 전기 자재는 동銅과 철 제품이 대다수였고, 완제품과 부속품을 분류하면 2천 종류에 가까웠다. 더불어 각각의 명칭마저 중구난방이었다. 예를 들어 '플러그'를 사시꼬미, 돼지 코라 불렀고 6.35밀리 동파이프를 니브 육 삼오 미니 고압이라 칭했다. 일상생활과 맞물린 자재 명칭에도 대한민국의 아픈 역사가 함축되어 있었다. 일제 강점기와 6·25의 잔상이 일본어와 영어로 변형된 한국어, 그야말로 잡탕에 버금했다. 이해조차 어려운 명칭은 컴퓨터나 AI 인공지능이라 할지라도 냉동 전기 자재들 앞에선 사대부들이 습득해온 주역周易만큼 어려운 난제였다.

어차피 받아 놓은 밥상이라면 함께 수저를 잡아야 했다. 입사 경리는 낯선 환경에 적응하려는 의지를 드러내 보였다. 사장이라는 꼰대를 합해 봤자 네 명뿐인 소규모 사업장이라 어려운 여건만은 아니었다. 그녀는 차분히 가게 일상을 숙지하려고 노력하는 것 같았다. 재철이와 동철이는 10년 넘도록 동고동락해온 직원이었다. 두 녀석은 싱글맘 경리를 무조건 환영했다. 꼰대인 나만 정부가 원망스럽고, 경리가 답답했고, 불경기가 매서웠다. 세월호 참사와 메르스 사태로 자영업은 탄력을 상실해갔다. 지지자가 국가수반이 되어 섬세함을 믿었다. 중산층 70% 공약에는 눈가에 이슬이 맺히기도 했다.

18대 대통령을 고대했던 것은 몸뚱이 한구석에 각인되어있는 집착 때문이었다. 짓물린 가난에 굴하지 않고 살아온 국민헌장 세대라서 그랬다. 그럼에도 애국애족보다는 밥그릇이 우선이어서 굴곡 없는 세상을 바랐는데, 정치판은 어지럽기만 했다. 매번 정치란 그러려니 해왔던 어리석음이 도드라진 계기는 담뱃값이었다. 엄혹했던 군부 독재정권도 함부로 쑤석거린 적이 없었던 담뱃값을 일시에 곱절 가까이 올려놓아서였다. 대통령은 골초들에게 악녀 캐릭터로 인식되었다. 나는 담배 골초라 불렸다. 담배 필터를 자근자근 씹으면서 불만을 토해냈다.

"네미 시버럴, 어제까지만 해도 만 이천 원이면 널찍했는데, 염병. 눈 깜빡할 사이에 담뱃값을 두 배 가까이 올려 버리다니."

두 녀석과 나는 하루에 각종 담배 다섯 갑을 소모시켜 주는 애국시민이었다. 구질구질한 마음에 때 이른 봄비가 퍼부어져 꾸덕꾸덕했다. 인생살이는 늘 그래왔다지만 불평을 씹어봤자 응해줄 놈들은 골초들뿐이었다. 마음을 가라앉히기 위해 가게 후문 입구로 나와 담배를 물고 라이터를 켰다. 담뱃값을 아끼려면 필터 가까이 태워야 했다. 버려진 꽁초가 빗물에 부풀어 배 터진 김밥처럼 변했다. 등 뒤 화장실에서 괴상한 소리가 들려왔다. 가시에 찔린 갓난아이 울음만큼이나 청각聽覺을 후벼 파기 시작했다. 50여 평의 가게 매장에는 남녀 화장실이 분리되어 있었다. 아이의 자지러지는 듯한 음색이 여자 화장실에서 들리는 것 같았다. 꼰대라는 딱지에 귓구멍마저 조현증 현상인가 싶었다. 가게 영업 자체가 남자들만 들락거려 여자 화장실은 거의 사용하지 않았다. 한 평 반 정도의 화장실엔 변기와 구형 냉장고, 세면대, 간식 때 사용하는 라면 냄비와 그릇이 몇 개 있을 뿐이었다. 또다시 보채는 듯한 울음소리가 귓불을 계속 잡아끌었다.

   노크부터 해 놓고 조심스레 여자 화장실 문을 열어 봤다. 지금껏 봐왔던 화장실과 별반 다르지 않았는데, 변기 옆 모래 종이 사각 박스에 동물 사료가 쌓여 있었다. 어리둥절한 나는 주위를 세심히 살폈다. 구형 냉장고 물받이 라디에이터 공간에서 움직임이 나타났다. 두 귀가 새까만 새끼 고양이가 머리통을 내밀었다. 녀석은 이빨을 드러내놓고 아릿한 음성의 야~아옹을 쏟아냈다. 나의 주먹보다 약간 커 보였다. 손을 내밀기 무섭게 재빨리 라디에이터 사이로 숨어들었다. 느닷없는 고양이 출현에 머리통이 온통 회색 안개로 가득했다. '이게 뭐 하는 짓이지'를 내뱉고 화장실을 나온 나는 두 철이 중에서 한 놈을 호출했다.

"야! 동철아 빨리 와 봐. 이, 이게 무슨 짓거리냐? 웬 놈의 고양이 새끼야. 사료까지 놔두고 누가 이런 거야?"

큰 목소리로 다그치는 나를 머뭇머뭇 바라본 녀석이 어색한 목소리로 주절거렸다.

"저 사장님. 화장실 뒤 주차장 옆에 냉동 보온재 보관 장소가 있잖습니까?"

"그래, 그게 어떻다는 거야?"

"요 며칠 전부터 길고양이들이 들락날락해서 몇 번이나 쫓아냈거든요. 빗자루로 휘저어가면서 엄포까지 놓았는데 어제 오후에 새끼 고양이가 땅바닥으로 떨어져 비실비실, 꾸물꾸물하고 있었는데…… 요?"

"있었는데…… 요?"

"경리 누나가 불쌍하다면서 계속 머리를 쓰다듬었습니다. 그대로 방치해놓으면 얼어 죽을 거라면서 화장실로 옮겨 놓은 것 같습니다."

녀석이 우물거리면서 뱉어내는 입을 바라본 나는 아찔한 현기증을 느꼈다.
"야, 인마! 그렇더라도 말렸어야지. 길고양이 새끼를 여자 화장실 안에 들여놓고 어쩌려는 거냐? 사료를 많이 준비해 놓은 걸 보면 아예 키우려고 작정했나 본데, 여기가 고양이 사육장이냐. 뒷감당을 어떻게 하려고 그래?"
나는 기가 막혀 더 이상의 말문이 열리지 않았다. 아무리 철딱서니가 없기로서니 해야 할 일과 하지 않아야 할 짓거리 정도는 구분할 수 있는 나이들이어서였다. 이곳은 엄연히 장사해 나가는 영업장이었다. 더구나 매장 안에서는 고양이는 물론 강아지도 키울 수 있는 여건이 아니었다. 오밀조밀한 냉동 자재와 전기 자재들이 산적해 있었고, 도난 사고 예방 차원의 CCTV 세콤 장치가 연동되어 있었다. 무인 보안 시스템 적외선 감지기는 움직이는 물체라면 그림자는 물론 쥐의 움직임도 잡아냈다. 주먹만 한 쥐새끼 이동을 감지해내는데, 덩치가 큰 고양이라면 말할 필요가 없었다. 복잡한 현실도 현실이지만 더 큰 문제가 있었다. 나는 애완동물 거부 반응이 무척 심했다. 언제 적에 생겨난 현상인지는 기억조차 없었다. 그만큼 눈여겨보지를 않았다. 차츰차츰 눈에 띄는 현상과 마주치면 나는 절레절

레했다.

"참, 개똥보다 못한 세상이다. 이게 무슨 짓거린지."

내가 넋두리로 씨불이는 말은 애완동물을 가꾸는 형태 때문이었다. 이상하게 생긴 강아지 새끼들에게 각양각색의 옷으로 치장해 놓고, 자랑스럽게 나들이 다니는 종자들을 볼 때마다 비위가 상했다. 이따위 행위 역시 꼰대를 자처하는지는 모르지만, 썩어 빠진 세상이라며 개탄에 개탄을 쏟아냈다. 맹물로 배를 채워가며 보릿고개를 넘기게 된 것은, 허리띠를 졸라매고 새벽이슬에 몸을 적셔가면서 부단히 노력해온 세대들 때문이었다. 후세만큼은 가난을 대물림 않기 위해 밤낮없이 노력하여 풍족한 세상을 만들어 낸 것이었다. 인간이 동물과 다름은 인성이 있어서다. 인성의 근본이란 무엇이었든가? 감사함에는 보답할 줄 아는 미덕이 아니었던가.

그렇다고 하여 요새 젊은이들에게 우리 같은 늙은이를 보살펴 달라는 뜻은 아니었다. 내 생각은 강아지 새끼나 애완동물보다 후세를 위해 고진감래를 해냈던 세대들을 존중해 달라는 뜻이었다. 아무리 핵가족 시대라지만 말이다.

2

수십 년을 근시안적 사고思考에 절어 있는 꼰대가 운영해온 자재상이었다. 열 번 후퇴하여 그렇지 않다고 할지라도, 영업하는 매장 안에선 길고양이를 키울 수 있는 여건 또한 아니었다. 빌어먹을, 이따위 일이 내 눈앞에서 형성될 줄은 전혀 예상치 못했다. 화가 치민 나는 즉시, 경리와 두 철이 놈을 불러 놓고 일장 연설을 쏟아냈다.

"길고양이 새끼를 화장실 안으로 옮겨 놓은 사람을 누구냐고 묻진 않겠어. 그 이전에 세 사람은 배울 만큼 배웠고 나이도 먹을 만큼 먹었잖아. 이곳은 영업하는 곳이지 길고양이를 돌보는 곳이 아니란 말이야. 밖으로 내동댕이쳐 버리려다 데려온 사람 낯을 봐서 참고 있는 거야. 비가 많이 내려 날씨가 차갑다니까 밖에다 내다 버리라고는 않겠어. 그놈이 떨어졌다는 보온재 위에다 원위치시켜 놔."

화가 치솟았지만 삭여가면서 쏟아내는 명령 같은 나의 말에 세 사람은 머뭇머뭇했다. 경리 면상을 바라보는 두 녀석과 두 놈 낯짝을 살펴보는 경리 얼굴이 피카소 그림만큼 겉돌았다. 짧은 시간이 흘렀다. 표정이 제각각 다른 세 인간이 따로따로 말대답을 해왔다. 쏟아내는 말마다 다급하면 창자를 뱉어낸다는 미끄덩거리는 해삼처럼 여겨졌다.

"저~사장님, 역정보다는 사려 있게 생각해 볼 필요가 있을 것 같아 드리는 말입니다. 아직까지는 늦겨울 날씨지 않습니까? 때 이른 봄비가 계속 쏟아져 기온이 뚝 떨어질 것 같습니다. 확실하지는 않지만 높이 쌓인 보온재 위에서 낙상하여 꼬리가 꺾어져 버린 새끼를 지어미가 버렸다면, 십중팔구는 얼어 죽을 것이 뻔하지 않습니까?"

"그래서?"

나불거리는 동철이 녀석 주둥이에 눈알을 꽂아 놓고 반문하는 나를 주시하던 1년 선배인 재철이 녀석이 진지한 표정으로 거들어왔다.

"사장님, 실은 경리 누나가 종일 고양이 걱정을 하고 있었습니다. 당장 내다 버리면 동철이 말마따나 동사할 수가 있어서 그럴 겁니다. 가게 여건상 거의 사용하지 않는 여자 화장실이지 않습니까? 날씨가 풀릴 때까지만이라도 보살피는 것이 어린 생명을 살려내는 것 같아…서 그럽니다."

어이없는 항변에 두 녀석 주둥이를 확 꿰매 버리고 싶었다. 두 놈이 언제 적부터 길고양이 생명을 존중해 온 사도였었단 말인가? 일순간에 수호천사로 변해가는 두 녀석을 바라본 나는 뒷골이 저렸다. 상판대기가 흉물로 일그러져 가는 나를 힐끗거리던 경리는 입을 닫아 버렸다. 자신의 행위가 부적절했는지 탐색해 오는 표정이었다. 고개를 숙이고 입을 꾹 다문 경리보다는 앞뒤 분별없이 나대는 두 놈이 더 괘씸했다. 두 녀석 봉급에 느닷없이 올려 버린 담뱃값에 불필요한 혹 같은 경리 봉급까지, 부글부글 끓어오르는 사장은 내팽개쳐놓고, 그사이에 경리와 짝짜꿍이 된 것 같아 기분이 더러워졌다. 코앞이 그렇다고 하여 드러내놓고 두 놈 말을 일언지하 깔아뭉개기가 불편했다.

경리를 전혀 고려하지 않았을 때 세 명이 이끌어온 가게는 아무런 불협화음이 없었다. 항상 군대 같은 규율과 청결함을 유지해내면서 시간만 나면 정리를 우선순위에 두었다. 35년 동안 변함없이 실행해온 일상이었고, 그렇게 살아온 현실이라서 장사꾼 시류時流에 따라야 하는 자영업의 규칙과 맞물려 있었다. 두 녀석을 데리고 10여 년을 그렇게 지내왔었는데, 최근에 이슈로 떠오른 난감한 현상에 부조화가 나타나기 시작했다. 새 정부가 떠벌린 전면적인 근로 시간 개편이 발목을 잡고 있었다. 물론 전 정부 역시 근로 시간 형평성은 항상 뜨거운 감자였다. 하지만 전국에 산재해 있는 자영업만큼은 예외 조항이 있었다. 근로 시간 자율이었다. 자영업 근로 시간 자율에는 맹점이 있었으나 순응해가며 살아가는 사람이 부지기수였다.

 내가 35년 동안을 이끌어온 자재상 근무 시간은 거의 불변에 가까웠다. 4월부터 9월까지는 하루 근무 시간이 12시간, 나머지는 11시간씩이었다. 물론 일요일은 휴일이었지만 공휴일은 없었다. 다만 여름휴가와 명절 휴일만큼은 준수해 나갔다. 전국 자재 자영업 여건은 열악한 여건과 맞물려 있었으나 영업장마다 능동적으로 일관해왔다. 숙명이라 여기며 살아왔다지만 여섯 달 동안 12시간 근무에 불만이 없었던 건 아니었다. 소소한 불평이야 늘 옆구리에 달라붙어 있었다. 어디 불평 없는 인생살이가 있을까마는 최근 들어 도드라진 현상이 되풀이되었다. 노총勞總을 등에 업은 위정자들과 진보 학자들. 노동운동 전문가. 매스컴마다 1일 8시간 주 5일 근무를 꽹과리 치듯 쏟아내서였다. 주 40시간 근무만을 대한민국의 위상인 양 떠벌리기 시작했다. 더욱이 국가 지정 공휴일을 포함하여 공무원, 국영기업, 대기업은 쌍수로 환영했고 저변 생활자들은 박탈감을 안았다. 10년 넘도록 고락을 함께해왔던 두 녀석이었는데 위정자, 지식인의 쌍나팔 소리에 귓구멍이 들썩거렸다. 수면 위로 드러나지 않았던 불평이, 경리 입사를 받아들인 순간부터 야금야금 꾸물거리기 시작했다. 가게 일과 시간이야 어찌 됐든 경리만큼은 하루 8시간 근무로 책정할 수밖에 없어서였다. 그러나 두 녀석의 근무 시간만큼은 어쩔 도리가 없었다. 가게 형편과 맞물렸기 때문이었다. 가게 근무 시간은 내 마음대로 조절을 못 했다. 수십 년의 관행이었고 거래처와 호흡을 맞춰야만 살아남았다. 울화가 치솟았지만 두 녀석을 당장 내치기가 어려웠다. 2천여 종류의 품목을 숙지하는 데만 거의 1년이 걸렸고, 10여 년 동안 호흡을 맞춰온 터였다. 느닷없는 여러 현실이 겹쳐버린 환경에서 두 녀석의 일치된 의견을 터부시해 버리기란 여간 불편했다. 고심하는 나의 표정을 힐끗거리던 경리가 더듬더듬 거들었다.

"저… 사장님, 현시대는 모든 생명체의 인격을 존중해주는 세상이 아닙니까. 먼저 나의 일방적인 생각 때문에 소란스럽게 만들어 죄송합니다. 제가 단순했는지도 모르지만, 어미가 낳자마자 버린 것 같았습니다. 높은 곳에서 낙상하여 꼬리마저 꺾여져 버린 어린 동물이라서 차마 생명만큼은 살려내야 한다는 생각에 일단은 화장실로 옮겨 놓은 겁니다. 깊이 생각해 주시길 부탁해 봅니다."

나는, 어떤 분위기에 따라 갈지자 행보의 인간은 아니었다. 그럴지라도 당면한 현실을 비켜 가는 성격 또한 아니었다. 늘 그렇게 살아왔던 세월이 체화되어 있었다. 변함없이 이어져 온 35년 세월이었는데, 최근 몇 년 사이에 퍼석퍼석 해지기 시작했다. 군부 독재를 종식시켰다는 586세대와 야마리 족속들이 줄기차게 강조해 온, 1일 8시간 주 5일 근무 시간이 도마 위의 생선만큼이나 파닥거렸다. 더불어 달력에 각인된 빨간 날짜를 포함하여 자영업을 파렴치한 족속으로 인식시켜 놓았다. 10년 넘게 한솥밥을 먹으면서 순응했던 두 녀석이었는데 경리 근무 시간과 맞물린 것 같았다. 구청 추천 경리의 근무 시간은 내 마음대로 결정을 할 수가 없었다. 구청 추천 경단녀 담당은 경리 근무 시간만큼은 공무원 근무 시간에 맞추도록 강권해왔다. 경리 입사 이후부터 두 녀석은 12시간 근무 시간에 박탈감이 꿈틀거렸다. 주 5일 8시간에 공휴일까지의 경리 근무 시간 때문이었다. 물론 경리의 월 백오십만 원 급여보다는 삼백만 원 이상 받는 자신들의 급여는 다른 문제라 여겼다. 급작스레 밀려드는 환경이 묘한 이질감을 만들어 내고 있었다.

시절이 시절인 만큼 독선적으로 나댈 일이 아니라 여겼다. 당당해 보이는 경리를 바라보면서 입술을 지그시 깨문 나는 한 발짝 물러서는 길을 선택했다. 물러섰다지만 35년 자영업에 길들어진 독고다이 성격을 꺾는다는 뜻은 아니었다. 접긴 접었으되 늘 그랬듯이 나는 계산에 능숙한 장사꾼이었다. 요모조모 생각 끝에 합리적인 방안을 더듬어 봤다. 세 인간을 바라봐 가면서 상반된 방향을 일치시켜 나가기로 마음먹었다. 어차피 물러서려면 그동안 일방적 명령 투로 내뱉어왔던 말투부터 달리해 나갔다.

"좋습니다. 살다 보면 별의별 변고는 생겨나는 법이니까 세 사람 뜻은 받아들일 겁니다. 하지만 다 아시다시피 이곳 환경에선 길고양이와 계속 함께 지낼 수 없다는 분명한 사실은 잘 알고 있으리라 여깁니다. 그러니까 내 말은, 저 녀석이 자라날 수 있는 한 달간만 보호하겠다는 뜻입니다. 앞으로 한 달 후면 완연한 봄이니까 으스러지게 춥지는 않을 겁니다. 한 달간만 유예하는 걸로 아시길 바랍니다."

결국 자립할 수 있는 '한 달간'만이라는 단서를 야무지게 각인시켜 놓고, 일치된 결론에 도달했다. 얼떨

떨했던 당시에는 전혀 눈치를 채지 못했다. 입사 경리는 유명한 캣맘이었다는 사실을.

　세상살이가 내 생각과는 달리 뒤틀리니까 그 파급력이 가게로 전이 되는 것 같았다. 엄연한 자재상 영업장에 길고양이 새끼를 합류시킨다. 이게 말이 아니라 현실이라니, 받아들이고 싶지 않았지만 어김없는 현실이 되어 버렸다.
　1952년에 장남으로 태어난 나는, 그 시절에 다수가 그랬듯이 〈국민〉학교 졸업장마저 없었다. 유물론을 신봉했던 아버지의 요절로 열 살 나이에 처절한 삶을 시작했다. 가내공업 보조원과 노가다 현장을 터전 삼았다. 낯선 서울 땅은 자리를 잡을 만하면 변두리로 내몰았다. 가난에는 꼬리표가 없는 것만 같았다. 세속은 뿌리 없는 족보로 치장되어 있어서 내가 서야 할 자리 따윈 없었다. 변함없는 20년의 타지 생활에 하나의 원칙만이 잔존했다. 옆 사람보다 열 배 이상 노력해야 한다는 신념만 골수에 가득 차 있었다. 마음의 각오를 골백번 다졌다 하여 밑바닥 인생살이는 비켜나갈 순 없었다.
　파란만장의 세월을 겪어가며 중동 모래사막 미장공 취업을 하고서야 상계동에 안착할 수 있었다. 철거민촌에 안락한 집 한 채를 장만했다지만 인생살이의 서막에 불과했다. 노가다판 미장을 사위로 맞이해 줄 부모들은 거의 없었다. 참다운 삶의 정의를 나는 잘 헤아리지 못했다. 노동자들이 만들어 놓은 아파트 가치는 찬미하면서 그들의 노고는 외면하는 세태를 말이다.

어머니와 두 동생의 지상과제는 맏아들 결혼문제였다. 미장 고대를 과감하게 내려놓고 새로운 길을 찾아 나섰다. 30여 년을 늘 떠돌이로 살아와 몸뚱이가 세속에 체화되어 있어서 전환이 빨랐다. 인생살이에는 시간표라는 목차는 없었다. 불가사의 인생살이만 있을 뿐이었다. 지인의 조언에 따라 처음 시작한 건 TR(반도체 소자)과 냉동부품 오토바이 장사였다. 다행히 반도체를 취급한다, 하여 결혼을 할 수가 있었다. 그러나 근거지가 없는 오토바이 잡상인이라고 배척당하는 날이 많았다. 어머니 패물을 팔아 간판마저 없는 뒷골목 1.2평 가게 명함을 만들어 냈다.

오토바이를 끌고 충북 제천. 대전. 춘천과 철원의 당일치기 2년 세월이었다. 2년의 노력 끝에 대로변의 20여 평 가게를 임대할 수 있었다. 구멍이 숭숭 뚫린 건물이었지만 임대료와 맞물린 자구책이었다. 본격적인 사업에 치중하기 위해 사업자 등재부터 했다. 하지만 자금이 턱없이 부족했다. 사업자등록증을 발급받았으나 청년창업 대출은 언감생심이었다. 철거민촌 집이라 하여 담보마저 거절당했다. 그야말로 은행 문턱은 태산처럼 높기만 했다.

궁여지책 끝에 100일에 3백만 원 이자가 붙는 천만 원의 일수를 차용하여 전선부터 구비했다. 정연하게 쌓여 있는 전선 더미를 매만지다 저녁을 넘겼지만 배가 고프지 않았다. 허름한 가게 구석구석을 청소해 내면서 내일의 각오를 다졌는데, 그날 밤에 천만 원 전선을 모조리 도난당해 버렸다. 하늘이 무너져 내린 것만 같았다. 전선 도난신고는 휴지 조각에 불과했다. 선택지는 두 갈래뿐이었다. 죽을 것인가 살아남을 것인가 뿐이었다. 죽음 같은 낮과 밤을 선택했다. 처절하기만 했던 나날이었다. 오로지 발로 뛰고 몸뚱이로 버텨냈다. 그렇게 일궈 낸 가게가 오늘의 반듯한 자재상을 구축해 놓았다. 필설로는 다 쏟아내지 못할 자재상이었는데, 늘그막에 길고양이 새끼를 안아야 하는 현실에는 말문이 막혔다. 그러나 이 또한 받아들일 수밖에 없는 여건이 함축되어 있었다.

자영업의 본질이란 국가의 간섭을 받을지라도 항상 벗어남에 있었다. 다시 말하자면 거의 독불장군이었다. 혼자 해내거나 직원 한두 명과 함께해 냈지만 절대 권위를 유지했다. 독보적 형태를 자영업의 진수라 여겨왔었다. 그런 만큼 자영업 35년에 인이 박여 버린 나는 항상 독선 의식이 강했다. 그래왔던 현실에 두 놈마저 불필요한 경리와 한통속이 되어 꼬리를 내린 나는 허탈감을 곱씹었다. 사주팔자에는 없었을 것 같았던 새끼 길고양이와 동거를 해 나가야만 했다. 물론 눈꼴신 실상인 것만큼은 부정할 수 없었다.

35년을 유지해온 가게 일상에는 도깨비바늘만큼이나 여러 변수가 있었었다. 예측 불가능한 변수가 많아 직원을 채용할 때면 여러 명을 상대로 면담했다. 다행히 꼼꼼한 면담 때문이었는지 큰 말썽 없이 나를 중심으로 35년 동안 가게를 지속해왔던 것이었다. 그렇게만 해왔었는데 꼴 보기 싫은 길고양이 새끼가 세 사람 귀염을 독차지했다. 반면 서먹서먹해진 나는, 경리는 물론 두 녀석과 틈새가 벌어진 느낌이었다. 화장실을 갈 때마다 고양이 녀석 근거지로 변해 버린 여자 화장실 옆으론 지나치는 것조차 꺼림직하게 여겼다. 40살 경리와 서른 중반의 두 놈은 나와 반대로 행동해 나갔다. 새끼 고양이가 마치 자신들의 인성을 나타내는 지표로 여기는 것 같았다. 그러니까 늙은 꼰대의 비인간성과 자신들은 다르다는 태도로 여겨졌다.

두 녀석과 경리는 새끼고양이와 매개체로 변해나가

는 것만 같았다. 세상 물정을 모르는 세 인간은 시도 때도 없이 여자 화장실을 들락거렸다. 이해해내기에 앞서 자발 없는 행위라 여겨서 방관해 나갔다. 하루가 다르게 서로 먼저 사료를 챙겨 가며 머리를 쓰다듬었다. 세 명의 선한 사마리아인은 선善을 베풀어 가며 흡족했지만, 악의 축이 되어 버린 나는 이마 주름살만 늘었다.

  선이란 몇천 번을 새겨도 좋은 언어라 여긴다. 그렇지만 지나침은 모자람만 못하다는 말이 있다. 내세우고 싶은 말은 아니지만 사회생활은 각자 맡은 소임을 다 해냈을 때 아름다운 것이다. 세 인간은 분명 자신의 소임에 충실해야 했다. 물론 아예 고양이만 돌본다는 뜻은 아니었다. 너무 잔생이짓은 말라는 뜻이었다. 새끼 고양이야 아침저녁 사료와 물만 주면 되는 일 아닌가? 오두방정을 떨어가며, 매일매일 수없이 들락거리지 않아도 자라는 데 지장이 없는 것이다. 그보다는 가게 일상에 전념해야 했다. 본인 급여가 나오기 때문이었다. 급여에 맞게끔 행동해 달라는 주문뿐이었다.

  행하는 꼬락서니들이 어이없었지만 애써 외면해 나갔다. 양잿물 같은 경리 입사 이후 가게 흐름이 갈지자 행보로 여겨졌다. 아직은 바쁜 시기는 아니라지만, 한 달 남짓이면 자재 판매 시기와 맞물려 있었다. 냉방기나 전기재료는 완연한 봄 날씨가 시작되면 판매량이 많아졌다. 자재상은 자재 정리에 따라 위상이 달랐다. 무질서하게 쌓여 있는 자재는 방문 손님에 대한 예의가 아닐뿐더러 가게 위상에 먹칠하는 행위와 같았다. 창고가 됐든 가게 안이든 자재 정돈 상태가 최우선이었다. 더욱 신경을 써야 함은 언제나 위치 변경이 없어야 했다. 위치가 고착되어 있어야만 사후 작업의 일정이 빨랐다. 매사의 일이란 마음 먹기에 달렸다. 일관성 있는 현실을 유지해나가기 위해서는 수시로 확인 절차를 밟아야 했다. 생김새와 종류가 달라서 각양각색인 자재를 간결하게 비축하려면 간단한 요령이 있었다. 정물화처럼 고정된 장소 이탈을 금하며, 빠져나간 자재는 즉시 보충하는 방법이었다. 일상이 정착된다면 바빠야 할 이유는 없었다. 자재상마다 손님이 방문하는 매장 전면이 가장 핵심 역할을 해 주었다. 자재 위치 선정이 자재상 민낯이었다. 전기 선로에는 상상 외로 다양한 종류의 자재들이 필요했다. 사무실, 가정집을 망라하여 전기 없이는 살아가지 못하는 세상이어서였다.

  냉동 전기 자재상에는 전기 선로에 핵심 역할을 해내는 자재가 있었다. 고가품에 속하는 전류차단기인 ELB와 NFB였다. 4P 15A ELB나 NFB의 깔끔한 진열 상태가 자재상의 위상이었다. 냉동 자재라하여 별 다르지 않았다. 냉동 자재인 동 배관 역시 배치에 따라 매상 차이가 드러났다. 35년 동안 변함없이 지속해온 일상이었다. 변함없는 일상을 흐트러짐 없이 반복해왔었는데, 경리와 고양이 새끼 합류로 배알이 뒤틀린 꼰대 잔소리가 느슨해져 버린 가게는, 마치 규율이 없는 가게처럼 변해나가기 시작했다. 두 녀석은 반입되는 자재 정리를 오후로 미뤄놓기 시작했고, 퇴근 무렵이 되어서야 대충대충 정리해 나갔다. 한가해진 시간 때면 나른한 느낌에 하품을 쏟아냈다.

 가게의 하루 일상이란 오픈 시간과 해 질 녘이 아니면 거의 한가했다. 한가한 시간이면 흐트러진 자재부터 정리해 놓고 휴식을 취해왔다. 수십 년간 고착되어왔던 일상이 최근에 어긋장을 놓기 시작했다. 경리와 고양이 때문에 심사가 비비 꼬인 나의 방관이 한몫을 거들었다. 먼저 해내야 할 잔일을 미뤄가며 정리를 등한시한 세 인간이 머릴 맞대고 짜내는 행위마다 비위가 상했다. 새끼 고양이를 앞에 놓고 청승을 떨어서였다. 두 녀석은 아프리카 동물 활동가 행동을 모방해 나갔다. 신입 경리는 어떤 단체 단장團長님 행세를 자청했다. 경리 조언에 따라 동철이 녀석은 고양이 새끼를 품에 안고 동물병원으로 향했다. 고양이 녀석의 꺾어진 꼬리를 바로 잡아줘야 한다는 사명감을 일치시켜 나간 행위였다. 역겨운 꼬락서니를 바라보다 부글부글 치밀어 올라, 소주병 숫자만 늘어나 앞집 출입문 벨을 누르기도 했다.

세 인간은 꺾어진 꼬리 수술비를 세 사람 사비로 해결하겠다면서 떠벌렸다. 꼰대도 알아차리라는 듯 주절주절 뱉어내는 말로 다가왔다. 마치 쌍 8년도 꼰대는 깨우쳐야 한다는 것처럼 말이다. 세상의 배꼽이 꼬이니까 이것들이 덩달아 뒤틀려가는 것인지 알쏭달쏭했다. 막말로 지랄 염병, 오두방정을 떨고 있는 꼴이었다. 찝찝한 생각이 차오를 때마다 담배 필터만 씹었다. 하는 짓거리를 철저히 외면했지만, 난파선엔 선장이 없는 형국이었다.

세 명의 사도使徒는 머리통을 맞대고 꺾어진 고양이 꼬리 문제를 집중적으로 토론했다. 토론 같지 않은 토론이 결론에 도달했으나 뜻은 이루지 못했다. 먼저 꺾어진 고양이 새끼 꼬리 수술비가 장난이 아니었다. 수술 결과를 장담할 수 없을뿐더러 후유증이 문제였다. 결국엔 포기 선언을 하고야 말았다. 너무 어려서라는 이유였고, 성장 과정에 전혀 장애가 없다는 동물병원 의사 소견이 한몫을 거들었다.

3

　길고양이 어미가 버린 고양이 새끼는 하루아침에 천석꾼 집으로 입양된 유복자가 되었다. 두 놈은 경리단장 지시에 따라 행동했다. 사료부터 최고급이었다. (물론 아기라서 먹는 양이 소량이라는 핑계로) 요구르트에 배변 모래마저 최상급만 사용하는 호사를 누렸다. 며칠 사이에 가게 일상이 고양이에게 초점이 맞춰져 버린 분위기가 연출되었다. 고까운 시간만이 고무줄에 버금갔다. 며칠 전 거의 강제로 떠안다시피 한 경리의 입사 변辯이 고양이 변비물로 여겨졌다.
　"저를 추천해주셔서 감사드립니다. 컴퓨터에 관한 일이라면 열심히 해낼 겁니다. 처음엔 다소 미숙하겠지만 최선을 다해 나가겠습니다."
　미주알고주알 주절거렸던 그녀였는데, 겉치레로 둘러대는 참기름 같은 입만 같았다. 실상은 컴퓨터가 아닌 고양이에게 최선을 다하겠다는 말로 여겨졌다. 그러나 이따위 행위는 경리 독단으로 만들어 낸 것은 아니라는 생각이 지배적이었다. 두 손바닥도 마주쳐야만 소리가 나는 법이었다. 10여 년 동안 가게 버팀목의 '쌍철'로 불려 온 두 녀석 동조 없이는 생겨날 현상이 아니었다. 기분 더러운 배신감에 창자만 부글부글했다. 눈앞에서 펼쳐지는 눈꼴신 꼬락서니만 푸념을 섞어 뱉어내야 하는 나날이었다.

"젠장. 아더메치가 따로 없구나."

이렇게 어수선한 여건을 조성해 낸 대통령이 미웠고 뭐 이런 세상이 다 있나 싶었다. 지금껏 장사로 살아온 세상은 변화의 변화가 꼬리를 물었다. 늘 그리리라 여겨왔었지만, 최근에 이렇게 발 빠른 세속은 처음 겪는다. 가장 두려운 변화는 팽이처럼 돌아가는 사회 분위기였다. 사람들이 예전 같지 않았다. 이웃이 단절되어 갔고 개인주의만 도드라졌다. 세상이 예전 같지 않다고 하여 환경 탓만 할 수는 없었다. 자영업 속성이란 페달을 밟아야 하는 자전거와 같았다. 화사해지는 봄날을 목전에 두었는데, 나의 뒤틀린 관여가 봄 서리로 변할까 봐 꾹꾹 눌러 참았다. 헛구역질만이 생목으로 생겨나는 나날이었다. 생목이 올라오든 목구멍이 찢기든 현실은 현실이었다. 뒤틀린 현실만 타박할 수 없어 오늘의 현실에 적응해야만 했다.

 지금껏 지탱해온 냉동 전기 자재상이 야금야금 3D 업종으로 분리되어 나갔다. 더럽다는 말은 포함하지 않겠지만, 밑바닥 일자리로 여겼다. 장사 초창기에 그랬던 건 아니었다. 한때는 촉망받았던 장사(사업)라 했다. 청계천 복개 공사로 세운상가 시대가 전자 산업 메카로 떠올랐다. 바로 옆 예지동 골목들이 전기 자재 상가가 되어 호황기를 맞이했다. 골목골목 자재상에는 어깨를 부딪칠 정도로 사람들이 드나들었다. 불꽃처럼 타올랐고 불꽃처럼 시들어갔다. 그만큼 냉동 전기 자재상 분포도가 넓어진 까닭이었다. 환경이나 역사를 떠나 주위 사람이야 뭐라고 하던지 나에게는 최고의 직업이었다. 최고라 여겨왔기 때문에 항상 열심히 살아왔었다. 하지만 급속히 변해가는 시대변천 등짝에 얹혀버린 냉동 전기 자재상은 3D 업종의 멍에를 메야만 했다. 저임금과 장시간 근무에 미래가 없다는 편견 때문이었다. 편견이야 어떻든 함께 살아가야 하는 일상이라서 현대적 가게 분위기는 연출해 내야 했다. 그래야만 고객의 신뢰감을 잃지 않았다. 금년 초부터는 세속 변천에 따라 모던함을 유지하려 했었는데, 뜬금없이 불필요한 이물질이 두 개나 생겨난 것만큼은 틀림이 없었다. 새끼 고양이를 놓고 벌이는 세 인간의 행각에 기함해버린 나는 거의 입을 닫았다. 나의 정돈 정리 관여가 뜸해져 지난 10여 년의 가게 일상과는 너무나 대조를 이루었다. 상명 하달 전통이 유지되어온 가게는 준군대라 여긴들 손색이 없었다. 장사 경험 부재로 많은 시행착오를 겪어온 나는, 가게 기강을 최우선시해왔었다. 기강은 자신과의 싸움이었고 솔선수범이었다. 그러니까 구제품 정리부터 신제품 위치 선정에 반복의 반복을 거듭해왔었다. 지난날 꼰대 밑에서 다듬어진 선배를 5명이나 독립시켜 놓았다. 현재 잘 나가는 선배들도 꼰대의 카리스마에는 움찔하는 실정이었다.

그래왔던 사장이, 경리와 고양이로 인해 시간마다의 정리나 눈에 거슬리는 잔소리를 줄여 나가자, 판이해진 현실에 두 녀석이 외려 의아해하는 눈치였다. 행동이 달라진 두 녀석의 행동 또한 내 눈에 이상하게만 여겨졌다. 느닷없이 밀어닥친 변화된 시간이 굴절되어 하루하루가 꼬깃꼬깃 여겨지는 나날이었다.

아련한 흔들림이 관자놀이에 달라붙었다. 뭔가는 묵직했고 한편으론 허전했다. 일상의 변화 때문 같았다. 오줌보에 들어찬 요尿가 헐거운 신호를 보내왔다. 변해 버린 환경을 몸뚱이 구석구석이 감지해내고 있었다. 며칠 전까지는 장대비만 같았던 오줌 줄기가 찔끔찔끔 쏟아져 나왔다. 대저 인생 여정이란 산들바람에 휘청이면 가슴부터 무너진다고 했던가? 아무리 강함을 자처해왔다지만 나이와 맞물린 여건 앞에서 흔들림은 정상일 거라 여겼다.

  맞붙은 화장실 벽을 타고 고양이 울음소리가 콧잔등을 가렵게 했다. '대체 저 자식 어디가 그리 좋아 홀렸을까'라며 가늠해 보았다. 세 인간을 돌게끔 만들어 낸 녀석의 정체가 궁금하게 여겨졌다. 고양이 새끼 껍데기라도 살펴보고 싶어졌다. 여자 화장실 문을 열어 봤다. 변기 앞 모래 박스에 웅크린 녀석이 눈에 꽂혔다. 꼴 같지 않은 녀석이 하얀 수염을 치켜세워 놓고 도망가지 않았다. 은근히 부아가 치밀어 올라왔다. 물론 나는 악마는 아니었다. 악마나 인성을 논하기에 앞서 이 모든 사달은 이 녀석이 한몫을 거든 거라는 생각이었다. 녀석을 집중해가며 바라봤다. 변기 옆 사각 모래 박스에 웅크린 녀석은 태연했다. 염치가 전혀 없는 녀석이 하얀 수염을 치켜세워 놓고 능청을 떨고 있었다. 은근히 부아가 치밀어 올라왔다. 나는 지금껏 추잡하게 살아온 인간은 아니라며 자처해왔었다. 하지만 경위보다는 이따위 사달이 발생한 내막에는 이 녀석이 나타나지 않았다면 생겨나지 않았을 거라는 생각이 지배적이었다. 녀석의 꼬락서니에 더욱 집중했다. '새카만 밤에 몰래 들어와 고양이 새끼를 보온재 위로 던져 버린다면'이라는 생각부터 머릿속을 잠식해왔다. 나도 모르게 움찔했다. 세 인간은 꼰대의 행위 정도는 감지해 낼 것이 분명했다. 입술을 지그시 깨물면서 녀석의 몸뚱이 구석구석을 더듬어 나갔다. 염치없는 놈은 태평스럽게 하품을 쏟아냈다. 꼴사납게 얄미웠지만, 난생처음 고양이 새끼 생김새를 세심히 살폈다. 두 귀와 두 눈 사이의 시커먼 털의 조화가 내 눈을 잡아끌었다. 이마에서 콧잔등을 타고 팔자로 펼쳐진 하얀 털은 검정과 확연히 대칭되었다. 등이 새카만 산이라면 몸뚱이 절반은 백설처럼 여겨졌다. 앞발톱으로 흘러내린 순백과 검정이 기이하여 바라보는 내 동공이 흔들렸다. '늙은 놈이 완연히 미쳐가나'라는 생각이 문득 들었다. 녀석과 마주하는 짧은 시간이 미묘했다. 대체 알 수가 없는 아련한 이끌림이 꿈틀거렸다. 녀석의 이따위 내면이 세 인간을 홀렸을 거라 여겼다. 정신을 바싹 차려놓고 재차 집중했다.

파란색 눈동자에 영롱한 홍채가 그윽하여, 바라보는 내 눈동자가 왜소해지는 느낌이 신경선을 자극해왔다. 엉뚱한 호기심이 나의 오감을 뒤집어 놓기 시작했다. 또다시 시각視角의 망막이 잿빛을 안고 흔들렸다. '내가 왜 이러지?'를 한쪽 뇌가 말해왔고, 반대 뇌는, 늙으면 자신도 모르게 미쳐간다는 속설로 갈라쳤다. 그러면서도 알 수 없는 유혹이 자극적이었다. 무의식 상태에서 녀석 앞으로 손을 내밀었다. 어쭈구리, 주먹만 한 녀석이 앞발 하나를 쳐들고 나의 손바닥을 툭 쳐오는 것이 아닌가? 헛웃음이 나오면서 머릿속이 산만해졌다. 이 자식이 통성명을 하자는 것인지 교감의 악수를 청해 오는지 알 수는 없었지만, 적개심만큼은 없다는 반응은 분명해 보였다. 그만 일어서려다 머리를 쓰다듬어 봤다. 이번엔 혓바닥을 내밀어 나의 손등을 핥아왔다. 녀석의 혓바닥이 까칠까칠하게 여겨졌다. '미쳐가면 자발머리가 뭔지 모르는 것은 아닐까?'라는 생각을 해가며 두 번째로 머리통 위로 손을 올려 보려는 순간이었다. 녀석이 재빠르게 우측 앞발로 손등을 내리쳐왔다. 발톱을 세웠지만 아직까진 여린 솔잎 같은 촉감이었다. 서너 가닥 하얀 콧수염을 세우는 걸 보면 야수의 본능이 숨어 있다는 경고 메시지 같았다. 괘씸한 생각에 머리통을 살짝 쥐어박았다.

허~어 녀석의 표정이 순식간에 표범 흉내를 내면서 민첩하게 냉장고 라디에이터 틈새로 파고들었다. 눈알을 굴려 놓고 냉장고 라디에이터를 바라봤다. 녀석은 또다시 생쥐처럼 얼굴을 내밀어왔다. 내미는 상판이 가관이었다. 이빨을 드러내놓고 새카만 두 귀를 쫑긋 세웠다. 방어 자세가 아닌 공격 자세로 돌변했다. '이놈아, 내 머리는 쓰다듬는 것이지 함부로 만지지 마라.'라는 노골적인 경고라 여겨졌다. 기가 막혀 '얼 랄 라'를 쏟아 내니까 코웃음이 따라붙었다. 쥐방울만 한 것이 소갈머리는 있는 것처럼 여겨졌다. 내친김에 '야옹아 쯧쯧'을 해가며 우측 손을 펴봤다. 부드러운 면상 때문이었는지 나에게 호기심을 느낀 것인지 폴짝 뛰어나왔다. 1분 전의 기억 따위는 지난 일이라는 듯 손바닥 위로 앞발 하나를 올려놓고 혀로 핥기 시작했다. 짧은 시간이었지만 녀석의 행동에 동조해 버린 나는 '아차' 했다. 내가 지금 무슨 행위를 하고 있는지 나에게 물었다. 재빨리 사료통을 옆으로 밀쳐놓기 무섭게 화장실에서 나왔다.

알 수 없는 무기력감이 밀려 들어와 허전했다. 난 지금껏 살아오면서 어떤 대상을 지속적으로 미워해 본 적은 거의 없었다. 무신론자였으나 모든 일은 내 탓이라 여기며 살아왔다. 내 탓이라는 일면에는 대면해왔던 여러 사람 영향 때문이었으리라 싶다. 그동안 나에게 영향을 끼친 사람이 많았다. 가장 많은 영향력은 어머니였는데, 기억에 뚜렷한 행적이 있었다. 행적의 현장은 명동성당이었다.

명동성당 사제관에 화재가 발생했을 때였다. 성당 사제관 건물은 오래된 문화재급 목조건물이었다. 미아동 성당 지인 소개로 화재 소실 사제관 전기공사 자재 납품을 맡게 되었다. 납품 과정에서 볼품이 없어 보이는 노인과 마주했는데, 명동성당 수녀 과장 때문이었다. 나는 납품 현장이 중요하다고 여기면 화물 트럭을 직접 운전해가며 납품을 해왔다. 현장 납품 때면 항상 작업복 차림이었다. 자재를 직접 납품해온 까닭은 돈벌이 때문만은 아니었다. 자재 납품 현장이 특이하다고 여기면 꼼꼼히 살피는 버릇이 있었다. 무심히 지나치지 않았던 행동이 자재 장사에 단단한 기틀을 만들어 냈다. 스틸 파이프나 소방 자재 용도엔 수첩을 꺼내 들고 세세한 메모를 빠트리지 않았다.

  사제관 전기공사는 매입이 아닌 애자 노출 공사 방법이었다. 불타버린 사제관을 세심하게 살펴봐 가며 여러 생각에 잠겼을 때, 초면인 수녀님이 나에게 부탁을 해왔다. 숙소 전등 하나만 교체해 달라는 말이었다. 곱상한 수녀님 부탁인지라 거절하지 못했다. 수녀의 안내를 받아 가며 방문한 숙소는 천장이 높아서 공허한 흐름을 안고 있었다. 높은 천장에 매달린 60촉 투명전구 하나만 외롭게 덜렁거렸다. 전구 밑에는 책상 하나와 책 두 권과 침대뿐이었다. 수녀님이 청초하다고 여겨졌고 문득 안쓰러운 마음이 솟구쳤다. 당시 증원 조명 생산품인, EL 20와트 3개가 달린 최신 조명등을 청계천에서 구매해왔다. 천장이 높아 사다리를 놓고 전등 교체 작업 중이었는데, 웬 노인네가 나타나 노고를 치하해 주었다.

"수고가 많으십니다."

"괜찮습니다. 수녀님이 부탁하여 낡아빠진 전구는 떼어내고 최신형 EL 조명으로 교체 중입니다만, 혹여 영감님 방이십니까?"

"허허~허, 그렇습니다. 수고에는 못 미치지만 커피 한잔 대접하겠습니다."

조명등 작업을 교체해 놓고 볼품없다고 여긴 노인과 커피를 마셨다. 나는 최루탄이 난무하는 세상살이 현실 얘기를 주절거렸다. 추레한 나의 말에 노인은 끄덕이면서 동조를 해 주면서, 노예 해방을 일궈 낸 링컨 대통령의 나침판 일화를 설명했는데 말 마디마디마다 진실함이 깃들어 있었다. 아마도 타락해 가는 정치형태를 빗댄 말이라 여겨졌다. 젊은 내가 말문을 열면 노인은 짧은 말로 대답했다. 자신은 성당 수위라 하여 나는 수위 아저씨라 불렀다.

이틀 후에 사제관 후렉시블 납품이 있었다. 자재 하차를 끝낼 무렵 그제 봤던 수녀님이 나를 불렀다. 엇

그제 교체해 준 조명등 색상이 마음에 들지 않는다는 말이었다. 기분이 더러웠다. 한 번 설치했던 조명등을 청계천 조명가게에서 교체해왔다. 조명가게 담당자에게 뒷등에 땀이 맺히도록 설명하고서야 교환해 올 수가 있었다. 질질 땀을 쏟아내면서 재차 등 교체 작업을 끝내놓고 전구 조도까지 확인시켜 주었다. 천장에 매달린 조명등을 요모조모 살펴본 수녀의 표정이 밝지 않았다. 다른 색상으로 한 번 더 교체해 보자는 의견이었다. 머리끝까지 화가 치민 나는 수녀에게 쓴소리를 쏟아냈다. 한창 열을 내고 있었는데, 방주인이 나타났다. 나는 방주인이라는 노인을 향해 불평불만을 토해냈다.

"수위 아저씨, 60촉 전구 조도보다 훨씬 밝지 않습니까? 나이 때문에 그렇다지만 이 정도 밝기면 무얼 하시든 전혀 지장이 없다는 얘깁니다. 멀쩡한 등을 저 (수녀) 사람이 다른 색상으로 교체해 보자는데, 신제품 조명등을 달았다가 교체하는 일이 밥 먹는 것만큼이나 쉬운 줄 아십니까? 같은 60와트 밝기라지만 EL 전구는 3배나 더 밝습니다. 이렇게 밝아졌다면 바늘귀에 실을 꿰기도 전혀 지장이 없다는 뜻입니다. 이건 해도 해도 너무하는 것 아닙니까?"

자칭 수위라는 노인이 말대꾸를 해왔다.

"아이쿠 미안하게 됐습니다. 그렇고말고요. 화 푸세요. 모두가 내 탓입니다. 이 나이 먹도록 성찰을 못한 내 탓입니다. 과장님 커피 두 잔만 타 주시죠."

노인의 말에 수녀의 대답이 이어졌다.

"죄송합니다. 추기경님, 제 눈에는 조명등 색상이 너무 튀는 것 같아서 그만."

그 당시에 나는 성하聖下나 추기경까지도 관심이 없었다. 그만큼 살아가기에 바쁜 나날이었다. 추기경이라는 사람의 의복마저 상상외로 평범했었고, 쏟아내는 언사 한 대목 한 대목이 너무나 겸손하여 마음이 누그러졌다. 편안한 마음으로 마주 보며 커피를 마셔가면서 10여 분이 넘도록 많은 대화를 나눴다. 그분과 대화를 마치고 돌아서려는데, 또다시 자신의 탓이라 했다. 너무나 자상하여 조명등 교체를 한 번 더 해 주었지만, 후일에서야 확연히 알았다. TV에 나타난 그 사람 얼굴은 김수환 추기경님이었다. 그분은 종교를 떠나 최루탄 공화국이라는 군부 독재에 당당히 맞서가며, 대한민국 역사에 큰 족적을 남기신 분이라는 사실을.

몇 년 후에 그분께서 별세하셨다는 매스컴 속보를 접했다. 명동성당 방향을 향하여 엎드려가며 진심으로 그분의 영면을 빌었다. 그분 숙소에서 두 번이나 맞대면으로 커피를 마셔가며 세상사를 논했던 말 중에서, '내 탓이오'라는 말을 좌우명이라 여겼다. 그랬던 내가 왜 누굴 미워하게 됐는지가 아려왔다. 나는 항상 외적으론 강한 척을 해왔었으나 실은 닭 모가지도 비틀지 못했다. 닭은 그렇다 쳐도 우유부단한 성격은 아니었다. 모진 세월을 살아오면서 홀로된 어머님의 준엄한 가르침 때문이었다. 절대 모질게 살지 마라. 옆 사람을 헐뜯지 마라. 가난할지언정 양심 앞에 떳떳해라. 남의 물건일랑 쳐다보지도 말아라. 바늘 도둑이 왜 소도둑이 되는지 아느냐? 게을러서란다. 항상 위를 바라보지 마라. 너보다 훨씬 많은 약자를 생각해라. 정직함을 상실하면 인간 자체가 죽은 것이란다. 나에겐 값진 언행록이었다.

불과 열세 살 때 세 명이 세발자전거를 훔친 적이 있었다. 철부지들의 행동이었으나 분명한 범죄였다. 형사의 강압적 수사 결과는 특수 절도범들이었다. 서대문 형무소를 거쳐 불광동 소년원 생활을 해내야만 했다. 껍데기를 벗겨내면 나는 전과前科자였다. 한 주에 두 번씩 면회를 신청한 어머니의 훈계는 귀에 못으로 박혀 있었다. 열여섯 살부터는 땅바닥에 돈이 굴러다녀도 줍지를 않았다. 정직하게 살아가겠다면서 수천, 수만 번 넘게 입술을 깨물었다. 흔히 장사꾼은 속임수의 명수라 한다. 나는 단호하게 말한다. 무신론자지만 어머니의 영혼 앞에서 맹세할 수 있다. 그런 일은 단 한 번도 없었다고.

4

 도로 건너 아파트 화단 홍매화는 촉촉한 봄비에 때 이른 붉은 꽃망울을 드러냈다. 곧 봄꽃으로 만발할 것 같은 창밖이 이성을 깨우고 봄비는 감성을 적셨다. 이성이 깨어나면서 감성에 젖는 계절은 아마도 봄꽃과 봄비가 내리는 날이 있어서일 것이다. 사람에게 있어서 봄이란 새로운 삶을 영위營爲해 나가는 싱그러움이라 여겨졌다. 마치 묵은 때를 벗겨내는 것처럼 말이다. 지루했던 겨울이 꼬리를 내리면 냉동 전기 자재상들이 기지개를 켜는 시기로 바뀐다. 두 분야의 기능인들과 일상을 함께해야 하는 가게 여건 때문이었다. 전선이나 냉동 자재는 그들의 활동성에 따라 소모됐다.

 그렇다고 하여 자재상 영업이 저절로 흘러가는 것은 아니었다. 공장에서 출고되는 자재들은 제각각 용도가 달랐다. 에어컨이나 냉장고처럼 하나의 제품이 아닌 박스 단위나 타래 형식의 출고품이 많았다. 또한 낱개 제품이라 하여도 개별구매가 아닌 한 묶음(보통 10~50개) 출고로 이루어졌다. 특히 부자재는 봉지로 출고되어 어떤 것은 백 개나 오백 개 많은 것은 천 개가 넘었다. 가장 난해한 제품은 퓨즈 종류였는데, 유리 퓨즈는 백 개 단위의 비닐 포장이었고 규격만 오십 종류나 되었다. 이처럼 다변적인 제품이 봉지나 타래, 또는 박스 단위로 팔려나간다면 아무런 문제가 없었을 것이다. 하지만 모든 제품이 거의 소분해서 팔려나갔고, 심지어 종류가 다양한 전선들까지 미터로 팔려나가는 실정이었다. 어떤 자재 부속품은 한 봉지를 소모시키는 데만 일 년을 넘겨야 했다. 여러 여건과 맞물려 있는 가게라서 수시로 재고 관리 수순을 최우선에 두어야 했다.

복잡한 현실과 엮여 있어서 대다수 신입 직원들이 가게 영업 방식을 정확히 파악하려면, 거의 2년 가까이 노력해야만 어느 정도 개안을 해 나갈 수 있다. 더욱이 경리 일과에는 가장 중요한 세금계산서가 맞물려 있었다. 산적한 현상이 너무 많아 자재 파악을 정확히 해내려면 경리의 컴퓨터 전산이 필요할 때가 있었다. 이렇듯 얽히고설킨 가게 일상에 중심축이 되어주기를 바란 경리였는데, 고양이를 끌어안은 그녀의 행동이 불편스럽기만 했다. 더욱이 불난 집에 부채질하는 행정명령이 발동되었다. 여태껏 아무런 문제가 없었던 일용직 작업자와의 거래를 부정거래로 몰아세웠다.

사계절 변화가 극명한 우리나라 문화는 계절마다의 대처 능력 감각이 빨랐다. 젓가락 문화 유전자 때문인지 손가락 촉수만큼은 세계 어느 민족보다 앞서 있었다. 부화 이전의 병아리 감별 능력은 세계 최고 인지능력을 인정받은 민족이었다. 세계기능올림픽에서는 타의 추종을 불허했지만, 우리나라는 산업 전반이 후진국이었다. 전기생성력과 냉난방기 역시 그러했는데, 반세기 만에 생산력과 기술만큼은 세계 어느 나라에도 뒤떨어져 있지 않았다. 젓가락 특성 때문이었는지, 전자 전기 냉난방기 종사자들 개개인의 응용 능력은 대단했다. 가장 두드러진 현상이 있었다. 가정집마다 필수품인 김치냉장고의 발원은 개인 냉장고 수리 기술자의 냉각 육수통 때문이었다.

이렇듯 개인 기술 응용 능력자는 많았으나 우리나라의 5대 가전업체 취업은 거의 불가능했다. 청년 일자리 우선순위에 밀려 있었기 때문이었다. 이들의 직업군이 전파사나 나 홀로 작업자로 분류되었다. 다행히 가게를 임대할 능력이 있으면 사업자등록 신고를 했지만, 그렇지 못한 자는 나 홀로 작업자로 살아가야 했다.

나 홀로 무리는 가게뿐만 아니라 사업자등록마저 없어서 전자 전기 냉난방기 세속에선 이방인 취급을 받았다. 내가 운영해온 가게에는 개인 작업자들이 많은 편이었다. 오래된 가게였고 구색이 많아서였다. 구색뿐만이 아니었다. 강북 지역에선 첫손가락을 꼽을 만큼 오래되어 냉동 자재 판매 원조 격이었다. 오랜 판매 경험에, 축적된 노하우를 갖추어 자재 판매가격까지 신규 가게보다 비싸지 않았다. 나 역시 어려운 역경을 견뎌낸 터라서 개인 작업자들과 호흡을 맞춰왔었는데, 그들의 통장 입금을 비자금으로 엮어 놓았다.

새롭게 바뀐 행정명령은 사업자등록증이 없는 일용직 송금을 세금 포탈로 간주했다. 현재 운영하는 가게의 모든 거래 내역은 세금계산서 발급과 맞물려 있었다. 하지만 일용직은 사업자 등재가 되어 있지 않아 세금계산서를 발급받지 못했다. 갑작스러운 행정명령 때문에 수십 년간 거래해왔던 거래처를 무 자르듯 잘라 버릴 수는 없었다. 먹고 사는 문제와 맞물려 있었다. 정부에서 강력히 추진해온 디지털정보화는 나 같은 꼰대에겐 백해무익하게만 여겨졌다. 경리 말에 의하면 이세로란 놈은 가게 자재 반입부터 판매까지를 속속들이 국세청에 고자질 하는 놈이라 했다. 이런 놈이 경리와 함께하여 오프라인 거래가 범죄 취급을 받았다. 이세로는 공장 자재 출고 시간까지 정확히 파악해 내고 있었다. 그렇지만 나는 떳떳했다. 가게로 반입되는 모든 자재는 100% 세금계산서 신고를 해 나가고 있었다. 문제는 일용직 입금액이었다. 일용직들 통장 입금 금액과 맞물린 10% 계산서 분산에 머리가 아팠다. 어쩔 수 없이 규모가 큰 1종 면허 업체나 사업자 등재가 되어 있는 설치 매장으로 분산시켰다. 1종 업체나 설치 매장 계산서 발행 때, 일용직 비 통장 입금액을 그들에게 넘겨주고, 그들이 입금한 금액을 세금계산서 통장과 일치시켜 나갔다. 지저분하면서 불필요하게 피곤한 짓이었다. 법의 잣대로만 여긴다면 위반행위였지만 저변 생활의 실상이었다. 쉽게 설명하면 세금 낼 능력이 부족한 일일 근로자들 세금을 규모가 큰 업체들이 대납하는 것과 같았다. 세무 담당 공무원에게 불합리한 개선책을 하소연해 봤지만 황당한 답변뿐이었다. 거의 한 목소리로 말했다.

"외상 장사를 왜 합니까? 사업자등록이 없는 사람에게는 간이 세금계산서를 발행해야지요. 사업자가 아닌 비 통장은 불법입니다. 1종 사업자들에게 납품 금액 초과 세금계산서 발급 자체가 세금 포탈 아닙니까? 세무 조사를 받을 겁니까?"

그늘진 제도는 유연하게 풀어내는 방법이 얼마든지

있었다. 많은 방법은 뭉개놓고 제도制度라는 권력만 앞세워 일방통행식 억압만 해왔다. 일용직들을 영세사업자로 등록시켜서 사회공동체 안으로 끌어안을 수 있는 여지는 많있다. 오죽하면 외상 장사를 해가면서 비 통장을 만들고 일용직과 동고동락을 하겠는가? 간이 세금계산서 발행은 소매가격이 되어 자잿값이 턱없이 올라갔다. 또한 세금까지 함께했다. 일용직들 가게 매출금은 불과 5% 정도였다. 이처럼 다난한 가게 일상이야 어떻든 경리는 가게보다는 고양이 새끼를 우선순위에 두는 것만 같았다. 신입 경리 입사 이후 가게 흐름이 삐꺽거리기만 했다. 일사불란하게 돌아가야 할 일정이 계속 엇박자만 만들어 냈다. 가게 사정이야 어떻든 한통속의 세 인간은 '어린 생명 존중'의 일관된 말을 내뱉는데, 강압으로 맞설 수가 없었다. 마치 군부 독재정치를 종식해 놓고서 자유를 쟁취한 여파가 사회 혼란을 더욱 가중해 놓은 결과와 비슷했다. 입은 열렸으되 속 시원히 쏟아낼 수 없는 답답한 나날이었다.

답답했지만 인생살이라는 것은 늘 그러하듯 오르막 내리막은 상시 있었다. 굴곡진 현실을 껴안고 살아가는 이유이기도 했다. 내일이라는, 내일의 변화 때문이었다. 어려움을 안고 살아온 나날이 그러했다. 오늘 같은 날은 계속 지속되지 않아서였다. 답답한 일상이 지속되지 않음이 삶의 활력소였을 것이다. 반드시 내일은 아니더라도 그 너머의 내일이 또 있었다. 가게를 정돈하려면 고양이 녀석의 빠른 성장과 한 달이 빨리 지나가 버리면 해결이 될 거라 여겼다. 잡다한 일상을 수없이 겪으면서 살아왔지만, 기다림이란 늘 터널만큼 길게만 느껴졌다. 알면서 기다리는 지루함과 모르는 기다림은 격이 달랐다. 답답했지만 고양이 녀석의 습성만이 도드라졌다. 굳이 알려고 하지는 않았는데 행하는 짓을 보면서 알게 되었다. 고양이 녀석이 가장 싫어하는 행위는 목욕이었다. 세 인간은 나의 불편한 심기를 잘 간파해 내고 있었다. 더 이상 자극을 주지 않으려는 듯 고양이 새끼는 화장실 안에서만 키웠다. 화장실 안에서만 진종일 나뒹군 녀석은 3~4일이 지나면 털이 너저분해졌다. 녀석의 공간 안에 달랑 하나 있는 구형 냉장고를 놀이터로 삼았다. 냉장고 밑바닥 라디에이터를 수시로 들락거려 케케묵은 먼지를 몸뚱이에 달고 다녔다.

  꺾어진 꼬리 수술을 감행하려 했던 인간들이 목욕을 등한시할 리가 만무했다. 새끼 고양이 목욕을 시키려면 한바탕 요란 법석을 떨었다. 어찌나 목욕을 꺼리든지 고무 타이어 같은 동철이 손바닥 세례를 받아야만 했다. 목욕을 끝냈다 하여 조용히 마무리되지 않았다. 물론 사람이 건 동물이 건 목욕이 끝나면 물기를 닦아내는 건 당연지사다. 고양이 역시 마찬가지라 여겼는데, 뒤치다꺼리가 눈에 거슬렸다. 깨끗한 수건을 손에 쥔 동철이는 물기를 닦아냈고, 경리는 가게 판매품인 헤어드라이어를 손에 쥐었다.

한 사람이 닦아내면 한 사람은 말리는 꼴이 지지고 볶는 것만 같았다. 뭐 빨리 말려 주지 않으면 감기에 걸린다나, 하는 짓거리가 한심스럽게 여겨졌다. 세대 차이로 느끼는 편견이라 할지언정 내 생각은 꺾이지 않았다. '이것들아, 너희들 부모 형제한테 그리 해 봐라. 복福 많이 받고 살 거다.' 꼰대의 아집이라 여긴다면 그러라고 할 것이다. 두 인간의 노고를 아는지 모르는지 얌체 같은 고양이 새끼는 혀를 내밀어 몸뚱이 사각지대를 핥는 것에만 열중이었다. 눈꼴신 꼬락서니를 목격하면 또다시 애꿎은 담배 필터만 자근자근 씹었다.

무심한 세월이란 없었다. 얼치기 식자들이 주절거리는 무심하다는 세월이 무심했다. 먹물로 목욕했다는 인간들의 고상함을 나는, 고리타분하다고 여겼다. 고상함은 하루 시간을 엿가락으로 늘리기도 했고, 가위로 잘라 내 버리기도 했다. 내가 여기는 세월이란 활자

하곤 달았다. 손가락이나 주둥이가 아닌 몸뚱이에 접목해 놓은 일상이라서 그랬다. 가장 소중하게 여기는 나날이란 자신의 몫만큼 일을 해내는 시간이었다. 시간 속에다 일을 버무려 놓으면 시간이 짧았다. 즐거운 일과라 여기면 하루해가 재빠르게 지나쳤다. 잡념 없는 일상이 행복이라 여기면서 살아왔다. 나는 세상 일상을 탓만 하는 종자들은 좋아하지 않았다. 내가 할 수 있다는 일이 눈앞에 있음을 좋아했다.

빨리 자라기를 바라는 나의 바람보다 고양이 녀석이 자라는 속도가 더 빨랐다. 시간의 법칙이었는지 모른다. 지난 일상들이 아니꼬웠으나 바라는 바였다. 그래야만 하루빨리 내쳐 버릴 수 있어서였다. 보기 싫은 놈을 내쳐 버리기에 앞서 녀석의 꼬락서니가 이상했다. 세 인간이 방정을 떨어가면서 앞다투어 여자 화장실을 들락거렸는데, 얼마나 처먹여 놨는지 아랫배 비만 형상이 나타났다. 갓 태어난 지 한 달 되어 가는 어린 새끼를, 비만으로 만들어 놓은 세 인간의 인격이 의심스러웠다. 꺾어진 꼬리에 출렁이는 아랫배를 가누느라 걸음걸이가 약간 기형적이었다. 기형이든 기행이든 나는 날짜 가기만을 손꼽았다. 녀석이 가장 지긋지긋하게 여겨온 목욕을 대여섯 번 정도 시킬 때쯤 오매불망 기다리고 기다리던 한 달이 도래되었다. 마치 10년 같은 한 달이었다. 굼벵이보다 더 느린 한 달인 것만 같았다. 나는 10년 체증滯症 시달림에 가슴이 뻥 뚫린 것 같은 시원함을 느꼈다. 지난 나날이야 어찌 됐든 약속 날짜는 채웠다. 약속에는 약속만 있을 뿐이었다. 약속대로 당장 방출한다고 해도 아무런 하자는 없었다.

 몇 년 전만 같았더라면 생각이고 나발이고 없었겠지만, 독불장군의 시대는 끝나가고 있었다. 불과 3~4년 전까지는 가게 안에선 내 말이 법이었고 신성불가침이었다. 하루하루의 모든 일정이 내 입에 따라 움직였고 그렇게 지나왔었다. 하지만 혁명처럼 밀어닥친 시대변천이 꼰대의 권위를 박살 내버렸다. 이제 권위 시대는 고전古典이 아닌 폐기물로 전락해 나갔다. 밥 먹는 것 말고는 할 일이 없을 것 같다고 여긴 인간들이 쏟아낸 말만이 한구석을 차지했다. 위계질서를 마치 아집과 독선인 듯 만들어 나갔다. 지금껏 독선이 가미되었던 자영업 매장에 존중이라는 이질감이 한구석을 차지해 버렸다. 나는 현대인 대열에 낙오자가 되어 살기는 싫었다. 뒤처진 낙오자가 되지 않기 위해서는 꼰대 가죽을 벗겨내는 척 정도는 해야만 했다. 진실이든 위선이든 최대한 합리적인 방법을 모색해 나갔다. 가슴을 열었다고 여기니 마음의 여유가 생겨났다. 사무실로 세 인간을 불러 모았다. 온화해진 상판을 만들어 가며 야들야들한 목소리로 나불나불 주절이기 시작했다.

"그동안 세 사람의 노고가 많았다는 것을 피부로 느끼고 있었습니다. 나의 격한 반대에도 불구하고 어린 생명을 구해 내 복 많이 받을 거라 여깁니다. 에~ 그렇지만 약속은 약속이니까 오늘부로 고양이를 방출할 겁니다. 이제는 날씨마저 완연하게 풀렸고, 그놈도 새끼 티를 온전히 벗어서 나 역시 기쁜 마음입니다. 나뿐만이 아니라 세 사람 역시 홀가분할 거라 여깁니다. 어찌 됐든 고생이 많았다는 생각에는 변함이 없습니다. 한편으론 섭섭하겠지만 약속을 이행할 건데 꼭 해야 할 말이 있다면 허심탄회하게 말을 해도 좋습니다."

최대한 매끈매끈하게끔 말을 쏟아내는 나의 장광설 앞에서, 세 사람은 고개만 숙이고 있었다. 어찌 보면 부드럽게 뱉어낸 내 말을 한낮 씨부렁거리는 넋두리로 여기는 것 같았고, 아예 귀담아듣지 않는 것도 같았다. 썩 기분 좋은 분위기는 아니었다. 축 처져 있는 어깨들이 눈에 거슬렸다. 정말 살아가기 좋아진 세상에 대하여 불만만 쏟아내는 인간 표상을 보는 것 같았다. 나는 너그럽게 세 사람 의견에 동조해 줬는데, 뭔가는 못마땅한 표정이었다. 두 녀석 면상은 쪼그라진 탱자 같았고, 경리 낯짝은 유통기한을 넘겨버린 토마토만 같았다. 나름 한동안 세 사람 면상을 검토해 본 내가 재차 주둥이를 내밀었다.

"물론 지금껏 무한한 정성을 들인 만큼 서운한 점이 있으리라 여기지만, 이곳 환경 여건을 헤아려야 한다는 말입니다. 우리들은 고양이를 위해 사는 것은 아닙니다. 본격적인 냉동 시즌이 다가와 가게 사업에 치중해야만 합니다. 정情보다는 현실이 우선이니까 서로가 바라보면서 해왔던 약속만큼은 실행해 나갈 겁니다."

삐딱한 전봇대로 서 있는 세 인간을 사무실에 남겨 놓고 여자 화장실로 향했다. 화장실 안에선 제법 통통해진 녀석이 야~아옹거렸다. 자신을 좋아하는지 싫어하는지와 관계없이 꼬리를 흔들었다. 꼬랑지를 살랑거리는 꼴이 더욱 간사하게 여겨졌다. 염치가 있는지 없는지 모르지만, 일단은 반기고 있었다. 자신을 해방시켜 줘서 고맙다는 행동거지로 여겨지기까지 했다. 꼬랑지를 살랑거리는 녀석의 뒷덜미를 움켜쥔 나는, 여자 화장실을 나왔다. 녀석을 밖으로 내보내기에 앞서, 그동안 잠재되어 있었던 속앓이를 보여 주고 싶은 생각이 솟구쳤다. 무슨 한풀이 행위가 아닌 앞으로는 이런 잔생이짓은 하지 말라는 의중을 드러내고 싶어서였다.

세 사람이 바라볼 수 있는 사무실 앞 정문으로 향했다. 나는, 세 인간이 고양이를 또렷이 볼 수 있도록 움켜쥔 우측 팔을 약간 올리면서 출입문을 열었다. 출입문을 나와 옆길로 열댓 발짝 건너 골목 입구에다 녀석을 내려놓았다. 가게 측면에 큰 유리창이 있어서 골목이 훤히 드러나 보이는 곳이었다. 고양이를 골목 입구에 얌전히 내려놓고 뒤돌아섰다. 뒤돌아선 나는 녀석이 재빨리 골목을 향해 뛰어들기를 바랐다. 녀석이 내 바람대로 움직일 줄 알았는데, 예상은 완전히 어긋나 버렸다. 녀석은 돌아가라는 골목은 외면한 채 쏜살같이 가게 안을 향해 뛰어들었다.

 고양이 새끼의 어깃장에 당황한 나는 쓴웃음을 쏟아 냈다. 그만큼 나의 행위가 허접하게 여겨질 것 같아 가게로 향하는 발걸음마저 허정허정거려졌다. 고양이 꽁무니를 따라 가게 안으로 들어오자마자 녀석을 먼저 찾았다. 싹수머리가 없는 놈은 어느새 전선 더미 위에 올라앉아 있었다. 줏대가 없는지 생각 자체가 아예 없는 놈인지 계속 꼬리를 흔들었다. 꼬리를 흔들어 대는 역겨운 행동이 구질구질해 보였다. 머리통을 잽싸게 움켜쥐고 두 번째 밖으로 향했다. 이번엔 30보 정도의 끄트머리 골목에다 내팽개쳐 버렸다. 녀석이 균형을 잡기 전에 재빨리 돌아와 가게 출입문을 닫았다. 이쯤 해 놓으면 제 살길을 찾아 떠나려니 여겼다. 그랬는데, 아니었다. 출입문을 닫자마자 되돌아온 녀석이 앞발톱을 세워 출입문을 쉼 없이 긁었다. 줄기차게 몸부림을 치면서 희한한 야~홍 소릴 내질렀다. 전쟁통 피란민도 아닌 녀석의 행동이 너무나 방정맞게 여겨졌다. 어처구니가 없었다. 등 뒤에서 나와 고양이를 번갈아 바라보는 세 인간의 눈초리가 싸늘하게 느껴지는 것 같았다. 고양이는 두 앞발의 발톱을 세워 계속 출입문을 긁어 댔다. 꼴사나운 정도가 아니었다. 구걸을 한다 해도 이 정도로 치사하게 구는 행동을 나는 단 한 번 본 적이 없었다.

　은근히 부아가 치밀어 올랐다. 출입문을 열고 또다시 고양이 녀석의 목덜미를 움켜잡았다. 이번에는 골목 깊숙한 곳에 던져놓고 팔을 벌렸다. 골목을 향하여 사라지든지 되돌아오지 말라는 무언의 압박이었다. 쌍판을 찡그려가며 강압적 자세를 취했지만, 쥐방울만 한 놈의 동작이 나보다도 훨씬 민첩했다. 내 가랑이 사이로 파고들기 무섭게 가게 정문을 향해 줄달음을 쳤다. 더욱이 닫혀 있던 가게 출입문을 세 인간이 열어 놓았다. 마치 우리는 너의 편이라면서 녀석에게 가게로의 복귀를 북돋는 듯한 행동이었다. 허탈해진 나는 세 인간과 고양이를 번갈아 쳐다봤다. 반대로 나의 행위를 눈여겨본 세 인간은 알 수 없다는 표정이 역력했다. 찡그리는 낯짝들이 판화로 찍어낸 그림만 같았다. 무언의 경멸 같기도 했고, 안쓰럽다는 표정처럼 여겨졌다.

어리벙벙해진 나는 허탈함을 씹으면서 수치심을 느꼈다. 고양이 새끼가 아닌 나에게 보내는 행위라 여겼기 때문이었다. 화가 치밀어 올라왔다. 화가 난다고 하여 고양이 새끼에게 발길질을 해 버릴 수는 없었다. 경리 입사 전부터 두 녀석에게 강조해온 말이 있었다. '모든 사람을(실상은 손님들) 관대하게 대하라. 오만한 행동이 인격을 깎아 먹는다. 너무 독단적인 행동은 야만인이나 하는 짓이란다.'라는 말을 변함없이 주절거렸었다. 그래왔었는데 세 사람 앞에서 거침없이 자행하는 내 행동은 자가당착적으로 보일 수가 있었다. 나는 녀석을 가게의 불순물로 여겼지만 세 사람은 하나의 생명체로 여겼기 때문이었다. 허탈해진 나는 꿈틀거리는 혐오감으로 현기증을 느꼈다. 여태껏 내가 살아왔던 나날 중에서 가장 무기력해져 버린 시간만 같았다.

무력감을 곱씹을수록 허탈감이 겹쳤다. 나의 행동을 고양이 새끼와 견주어 보고 있다는 느낌 때문이었다. 사람이란 감정의 동물이다. 설마 해가면서 고양이와 경리를 두둔하여 약간 서먹해진, 두 놈마저 느껍게만 여겨졌다. 맹한 얼굴이 되어 허탈해하는 나를 바라본 동철이 녀석이 뒤틀린 주둥이를 내밀면서 혓바닥을 놀려댔다.

"저~ 사장님, 11년 만에 부탁을 한 번만 드려봅니다. 사실 저 녀석이 가게에 피해를 준 것은 아니지 않습니까? 가게 형편상 여자 화장실은 별로 사용하지 않으니까 전적으로 제가 책임지고 어느 정도만 더 키워보겠습니다. 제대로 걷지 못할 때부터 사람 손에 자라나 바깥세상이 두렵기만 할 겁니다. 하지만 야생이니까요. 오래 걸리지 않을 거라는 생각입니다. 자신감이 붙으면 나가지 말래도 나갈 겁니다. 이 녀석 덩치도 하루가 다르게 커나가고 있지 않습니까. 사장님, 그때까지만 허락해 주십시오."

녀석이 주절거리는 말 앞에서 나는 할 말이 없었다. 동철이 녀석이 입사한 지는 어느새 10년이 넘어가고 있었다. 함께 겪어낸 10년의 세월이란 한순간에 이입移入되는 그런 감정만은 아니었다. 미운 정 고운 정과 눈에 띄지 않은 가족애愛까지 연관이 되어 있었다. 녀석은 군대를 제대한 지 1년이 지나기 전에 가게로 합류해왔다. 짬밥 냄새를 완전히 털어 내지 못한 놈이라 여겼다. 비린내가 물씬한 세상 물정을 너무나 몰랐었다. 나는 새로운 직원이 들어올 때마다 처음부터 혹독하게 다뤘다. 나이가 동갑내기인 1년 빠른 재철이 역시 혹독한 과정을 거쳤다. 소규모 자영업이라지만 자재상은 헐렁한 곳이 아니었다. 누구나 그러하듯 면접 때는 대다수가 깔끔한 옷차림이었다.

 나는 면접을 볼 때면 먼저 말로써 단정한 분위기에 오물부터 끼얹어 놓았다. 그래야만 오래 근무해 낼 놈과 빨리 퇴출시킬 놈을 선별해 낼 수가 있었다. 면접을 통과한 녀석은 첫 출근 관문을 이겨내야만 했다. 출근 첫날이면 상상도 못 했을 만큼 힘든 작업을 시켜왔다. 어떤 녀석은 반나절 만에 도망쳐 버렸고, 3일 동안 견뎌낸 놈도 있었다. 입사 첫날에 가장 혹독하게 다루는 데는 그럴만한 이유가 있었다. 견디기 어려운 혹독함을 견뎌내야만 하루 12시간 근무에 불평을 쏟아내지 않아서였다. 가혹한 현실은 직원을 모집할 때마다 주위 사람의 혹평이 뒤따랐다. 처음부터 사람 잡지 말고 차근차근 구슬려 가면서 작업 방법을 숙지시키라는 충고였다. 삼자의 혹평이나 충고 따위는 개의치 않았다. 많은 애로가 있었지만 나는, 항상 그렇게 해 왔었다.

 가게 입사 첫날에 파김치 과정을 경험한 뒤에도 나를 따르던 녀석들은 성공이라는 주머니를 꿰차고 있었다. 동철이 녀석이라 하여 별다르지 않았다. 까칠한 면접을 치르고서 혹독한 첫날을 체험하고서야 오늘날에 이르렀다. 나는 열심히 따라준 녀석들의 고마움을 외면하지 않았다. 그에 합당한 대우를 해 주었다. 앞선 몇 녀석이 그랬지만 동철이 녀석의 결혼식을 가게 주체로 치렀다. 거의 자식처럼 여기면서 지나온 나날이었다. 나는 자녀가 없어서 두 녀석을 그리 여겨왔다. 어려운 여건을 안고 도란도란 함께 지나온 나날이었다. 그리만 지내왔었는데, 엊그제와 오늘의 현실은 상전벽해로 변해있었다. 세상이 아무리 달라졌다고 할지언정 미운 정 고운 정이 버무려진 10여 년을 짓밟아 버릴 수는 없었다. 동병상련을 안고 지나온 나날이 꿈틀거려 녀석 의견을 거두절미해 버리기가 난감했다. 더더욱 '한 번만 부탁을 드려봅니다.'란 말 앞에선, 요사이 약간 벌어져 버린 틈새마저 내 허물로 여겨졌다. 머리는 계속하여 귀뚜라미 울음소리로 찌렁거렸다. 제조업 실패 후유증으로 생겨난 이명耳鳴이 팡파르만큼이나 귓속을 후벼팠다. 씁쓰름한 입술을 적신 나는 아무 말도 내뱉지 않고 밖으로 나왔다. 가게 앞 차도 양편엔 은행나무 가로수들이 잘 조성되어 있었다. 가게 출입문 측면에는 은행나무를 감싸고 만들어 놓은 느티나무 원탁 쉼터가 있었다. 쉼터에 앉아 담배를 꼬나물었다.

5

 은행나무 잎줄기들이 파릇파릇 움을 틔우고 있었다. 초록 잎사귀가 생동하는 것은 햇빛과 바람과 물이 있기 때문일 것이다. 나무들은 매년 변함없는 삶을 반복해 내면서 성장을 하는데, 우리네 인생살이는 왜 우여곡절을 겪어야만 하는지 알 수가 없었다. 아무리 되짚어 봐도 지나온 35년과는 너무나 대조적인 나날이었다. 대학물을 처먹었다는 두 녀석의 컴퓨터 실력을 탓하기에 앞서, 전문가라는 경리한테 배울 의지마저 없었다. 이번 기회에 컴퓨터 전산망을 갖춰 놓기를 바랐지만, 세 인간의 꼬락서니는 내 생각과는 너무나 동떨어져 있었다. 단골손님들은 두 녀석 이름에 '철' 자가 들어있는 데다 10여 년을 결근 없이 근무하여 가게를 떠받쳐온 쌍철이라 했다. 그랬던 두 놈은 물론 경리마저 전산망 시스템에 집중하는 것 같지는 않았다. 그렇다고 하여 핸드폰도 잘 다루지 못하는 내가 나서기에는 여러모로 불편했다. 컴퓨터 운영에 집중하지 못하는 요인 중에 고양이가 걸림돌이라 여겼다. 가게를 시대에 맞추어 운영하려면 고양이부터 내치려 했었는데, 그마저 헛발질을 내지른 꼴이었다. 생각이 깊을수록 답답하기만 했다. 가게 현실에 전혀 개의치 않은 것 같은 세 인간을 몽땅 내칠 수도 없었다. 몇 년 전과는 너무나 판이해진 현실 때문이었다. 강제로 밀어붙이고 싶었으나 이 또한 녹록지 않았다. 호들갑을 떨기보다는 컴퓨터를 활용하여 장사에 전념해 주길 바랐는데 엇박자만 만들어 내는 것 같았다. 최근엔 자재상마다 컴퓨터를 활용하여 영업을 확장해 나가는 곳이 늘어나는 추세였다. 세 인간은 쉬운 것이 어렵고 가벼운 것이 무겁다는 가치마저 모르는 것 같았다. 지금껏 두 녀석과 나는 거의 같은 시간을 공유해왔다. 사장이라 하여 의자에 앉아서 지시만 내리지 않았다. 가게로 반입되는 자재를 내가 먼저 앞장서서 정리했었다. 또한 짬짬이 시간마다 한자(한문) 연습을 하여 '반야바라밀다심경'을 획 하나 틀리지 않고 써 내려갔다. 두 녀석에게 본보기가 되기를 바라서였다. 그런 내막에는 아무리 12시간의 근무지만 의지만 있다면 뭔가 할 수 있다는 실상을 보여 주려는 의도가 깔려 있었다. 그러나 두 녀석의 생각은 나와 달랐다. 핸드폰 게임에만 몰두했다.

그러거나 말거나 소갈머리보다는 세 사람 행위에 보조를 맞춰가면서, 유연하게 가게를 운영해 나갈 수는 있었다. 급속도로 달라져 가는 시세를 받아들이기보다는 받아들이기 어렵다는, 판단이 앞섰던 것 또한 현실 부정과 얽혀 있었다. 어떻든 간에 고정관념의 틀을 벗겨내 버리기란 말처럼 쉽지 않았다. 이러한 내면에는 지나온 과거가 현실 못지않게 소중해서였다.

나는 유화염료 군복을 입고 3년간의 고난을 겪었던 노도부대 시절 때도, 내 몸보다는 항상 국가와 가족을 먼저 생각했다. 오늘날이 있기까지의 35년의 세월이 평탄 일로였던 건 아니었다. 전혀 예상하지 못했던 상황에 직면했었고, 감당해 내기 힘든 어려움과 맞닥뜨리기를 반복해왔다. 가게가 어려움에 봉착했을 때면 너나없이 활로를 만들어 나갔다. 그러니까 자영업 가게는 사장과 직원 개념보다는 가족 의식이 팽배해 있었다. 그저 열심히 살아가기에 바빴고 서로를 위안 삼았다. 그리만 해왔었던 나날이었는데 지금의 실상은 너무나 극명했다. 협치를 해 나가야 했으나 사장과 종업원의 차이만이 현격히 드러났다. 재차 강조한다면 목표지향 의식이 사라져 버린 것이었다.

아파트 공화국이 태동되면서 세태 변화에 급물살이

스며들었다. 세태 변혁은 10여 년 전부터 야금야금 밀려왔다. 구들장 밑으로 스며드는 연탄가스처럼 밀려드는 변화였다. 새로운 정권으로 바뀔 때마다 유사한 목소리로 내뱉는 말 때문이었다. 주 40시간을 근로 기본권이라며 나불거렸다. 대한민국이라는 나라 정치사는 촌극寸劇과 유사했다. 대통령들은 영도력 있는 지도자가 아닌 연예인처럼 행동했다. 주 72시간이 넘도록 열심히 일하며 살아온 나는 사람 축에도 못 끼는 식충이나 얼간이가 아니다. 정상적인 사고를 지닌 특별시 시민이었다. 평생을 엇비슷하게 살아냈어도 삶에 대한 불평보다는 이렇게라도 살아감을 감사히 여겨왔었다. 항상 나보다 더 어렵게 살아가는 사람이 있음을 직시하며 안타깝게 여기는 나날이었다.

대한민국은 화이트칼라만 살아가는 세상이 아님을 잘 알고 있는 자들의 언변엔 기름기만 번들거렸다. 여러 계층이 다변적으로 살아가는 세상을 일방적으로 몰고 가는 것은 민주주의가 아닌 공산주의 같은 짓이다. 제각각 살아가는 근로 시간을 일정한 틀에 집어넣고, 옳고 그름을 따지는 이분법에는 타협이나 통합이 없다. 여러 여건을 축약해가면서 결론을 만들어 내야만 사회 혼란이 없는 것이다. 물질 만능 현실을 만들어 낸 현대의 대한민국은 두 부류 인격체로 갈라져 있었다. 후진국에서 태어난 인간과 선진국에서 태어난 지식인이었다. 선진국 지식인들이 씨부렁거리는 노동기본권 앞에선 비애감을 씹었으나 어쩔 수 없었다. 그럼에도 일면의 억울함은 있었다. 지나온 내 청춘 역시 현재와 다르지 않았다. 지나온 세월이야 억울한 일면이 있었지만, 나는 주 40시간 근무엔 극렬한 반대론자는 아니었다. 1일 12시간 주 72시간 근무를 좋아하지 않았다. 좋아하진 않았으나 뒤떨어진 현실을 안고 살아가는 일상을 타박만 할 수는 없었다. 하지만 나와는 달리 두 녀석의 생각은 너무나 동떨어져 있었다. 위정자들과 중구난방 널려 있는 단체들의 나불거림에 두 귀를 종긋 세웠다. 이 또한 지각知覺 없는 행위 같았다. 10여 년이 넘도록 열심히 살아왔던 내막에는 자신들 앞날이 맞물려 있었다. 그 앞날이란 두 녀석을 가르쳐서 반듯한 자재상을 운영해 나갈 자질을 갖추게 해 놓은 것이었다. 자재상 현실을 정확히 꿰차고 있었기 때문에 독립해 나가더라도 큰 어려움이 없었다. 그러므로 더욱더 가게 일상에 박차를 가해야 했는데 현재의 안이한 행동을 바라보면 암울하기만 했다.

지난 경위야 어찌 됐든 나의 묵인으로 고양이 녀석은 여자 화장실 전세살이를 시작해 나갔다. 냉동 전기 자재 자영업은 세속 변천과 맞물려 있었다. 주거 환경 개선으로 콘센트, 전선, 조명등이 날로 업그레이드되었고, 시시각각 돌변하는 국가의 행정명령을 수없이 받아가며 진화하는 일상을 비켜나갈 수 없었다. 받아들임이란 구차함이 아니다. 살아가야 하는, 살아남아야 하는, 방편이었다. 새끼 고양이를 받아들임 역시 그 방편의 하나였고 함께 지내야 하는 가게가 되어 버렸다.

고양이 방출로 한바탕 소란을 치른 며칠이 지났다. 겉으론 아무렇지 않은 소란 같았으나 사람이라서 각자 느끼는 감정이 달랐다. 제각각 감정이 다르다고 하여 이상하게 생각할 필요는 없었다. 사람이 동물과 다름은 이해의 폭이 넓다는 것이다. 어차피 떠안아야 하는 현실이라면 각각 자신의 위치에서 소신껏 행동해 주길 바랐다. 이제부터는 잡음 없이 살아가기를 바랐는데 시대적 소산이 따라붙어 있었다. 그것은 경리의 또 다른 행동이었다. 고양이가 화장실에 안착한 후부터 경리의 발자취가 눈에 거슬렸다. 일단은 입을 다물고 여러 각도로 지켜봤다. 그녀 나름의 어떤 요인이 있으리라는 생각 때문이었다. 경리는 근무 시간에 드문드문 밖으로 나돌았고 하루가 짧다며 열심히 배워야 할 것들을 소홀히 했다. 최근에는 고양이보다는 어떤 몽환적인 행동을 은연중에 드러냈다. 행동이 눈에 거슬린다고 하여 초등학교 5학년 딸과 살아가는 실상이라서 떠보기가 어색했는데 두 녀석이 한목소리로 떠벌려왔다.

"사장님, 요새 경리 누나 행동이 이상해졌지요? 첨엔 전혀 모르고 있었거든요. 최근에야 알게 되었는데, 투잡을 하고 있었습니다. 그러니까 우리 가게 일보다는 다른 일에 더 비중을 두고 있었다는 말입니다."

두 녀석 말에 나는 뒷골이 당겼다. '투잡'이라는 말조차 생소했다. 그러니까 현재 가게 경리일 외에 또 다른 직업이 있다는 뜻이었다. 꼰대인 나로서는 빠른 납득을 하지 못했다. 그녀가 두 가지 일을 병행한다고 여겨서는 아니었다. 투잡을 하든 열잡을 하던 별개라 여겨서였다. 본인이 맡은 눈앞의 소임만 열심히 해낸다면 꼬투리 잡을 일은 아니었다. 문제는 현실이었다. 눈앞의 일상은 등한시해가며 다른 일을 한다는 자체가 어불성설이었고, 내가 살아온 규칙과는 너무나 동떨어져 있었다. 경리의 여러 여건을 염두에 두고 심도 있는 생각을 해내고 있을 때였다. 두 녀석이 갈빗집에 갈 때가 되었다며 '갈비'라는 말에 힘을 넣었다.

가게에서는 한 달에 두 번은 돼지갈비 회식을 10년 넘게 지속해왔었다. 경리 입사 후에도 회식은 지속해왔으나, 항상 앞서 퇴근하는 경리는 참석하지 않았다. 다음 날 퇴근 후에 두 녀석과 갈빗집에서 소주잔을 부딪쳤다. 1년이 앞선 재철이 녀석이 나를 직시하면서 먼저 주둥이를 놀렸다.

"사장님, 가게를 재 정돈해야 할 것 같습니다. 우리는 컴퓨터 담당 경리가 함께하게 되면 가게 일상에 참신한 변화가 있을 걸로 여겼거든요. 그랬는데 경리가 있다고 하여 달라진 건 아무것도 없잖습니까? 현재 같은 컴퓨터 정산 정도는 내가 해 나갈 겁니다. 예전 같지 않은 사장님을 대하다 보면 뭔가 잘못되어간다는 느낌이 들어서 드리는 말입니다."

두 녀석이 한목소리로 뱉어낸 의견은 경리 퇴출을 부추기는 말이었다. 앞뒤 분별없이 경리와 고양이 새끼까지 한통속이 되어 버렸다며 무척 섭섭하게 여긴 녀석들이었다. 그랬던 놈들이 가게 재 정돈을 앞세워 쏟아내는 말에는 여러 의미가 함축되어 있었다. 돈을 떠나 편향된 근무 시간에서 느끼는 박탈감과 꼰대의 행동 변화가 심리적 갈등 요인이었으리라 여겨졌다. 11년 넘도록 한솥밥을 먹어온 두 놈이라서 까칠한 사장 성격을 잘 알고 있었다. 두 녀석의 잘 앎이란 약간의 불안감이었다. 당시까지는 5인 미만 사업장엔 퇴직금 제도가 미미했고, 근무 시간 제약 역시 자율적이었다. 자영업에 근무 시간 드라이브가 걸리는 시기와 맞물릴 때였다. 당시의 가게는 타 자재상의 월 2백여만 원보다

월등한 3백만 원의 급여를 지급해왔었고 식사, 담배, 간단한 주류비를 지급해 주었다. 처우는 나쁘지 않았으나 그에 반해 꼰대의 추진력 또한 만만치 않다는 것을 잘 알고 있어서, 여차하면 파면당할 염려를 배제하지 못했을 것이다. 두 녀석의 심리를 예측한 나는 가급적이면 좋은 방향으로 생각했다. 소주잔이 오가면서 주절거린 시간은 불필요한 경리 퇴출과 가게 재 정돈이 맞물린 얘기였다.

"너희들 말은 충분히 동의하는데 문제는 그리 간단치가 않아. 경리를 퇴출시키려면 어떤 명분이 있어야 한다는 말이야. 우리가 관여하여 면접을 본 경리가 아니라 구청 추천 경단녀라서 무작정 내보내기가 어려워서 그러는 거야."

현실은 그랬다. 구청 추천 경리라면 어떤 사유 없이 내치기란 법 위반 사항이었다. 그렇다지만 없는 흠을 잡아내라는 뜻은 아니었다. 퇴출을 시켜야만 하는 합당한 이유 정도는 있어야만 했다. 내가 뱉어낸 말을 듣고 있던 동철이 녀석이 대답해왔다.

"예, 사장님. 우리가 생각했던 부분입니다. 그렇지만 행동 하나하나를 확실히 눈여겨봐서 자신 있게 말하는 겁니다. 경리는 투잡을 지속해왔는데 저희 가게와 햄버거 회사였습니다. 햄버거는 브랜드가 낯설어서 새로 창업한 것 같았습니다. 그 회사 제품 리포터 역할을 충실히 해내고 있었던 겁니다. 더 이상은 모르지만 이런 현실 때문이었는지, 시도 때도 없이 밖으로 나가서 행인을 면담하며 핸드폰 영상통화를 항상 10분 이상, 어느 땐 20분씩 하는 걸 여러 번 목격했거든요."

나는 경리의 행실을 확연하게 알고서 마음을 굳혔다. 마음은 굳혔으나 어려움이 있었다. 직설적으로 투잡을 하니까 해고한다는 말의 타당성 때문이었다. 아무리 5인 이하 사업장이라지만 고용보다 퇴출이 어려웠다. 자영업 자재상으로 35년 동안 사업자 등재가 되어 있는 가게인데다, 1년 매출 신고 금액은 20억이 넘었다. 일반 자재상 매출이 이 정도라면 입을 벌릴지 모른다. 그러나 도매업의 현실을 파고들면 이해가 될 줄로 여긴다. 매출액 대비 이익률은 너무나 초라했다. 거의 매일 치르다시피 하는 경쟁력과 맞물려 대충 10%에 미치는 마진율이었다.

가게 매출로만 따진다면 소규모 중소 업체에 버금했다. 취급하는 중심 자재들이 고가품인 전선과 동파이프라서 그럴 수밖에 없었다. 또한 제조업 실패로 은행 이자가 만만치 않았다. 실상은 이랬는데, 대한민국 세무 법은 일방통행이었다. 세금 대상자를 정확한 수익률에 두지 않고 껍데기 같은 외형에만 초점을 맞췄다.

세무 법이야 어찌 됐든 연 매출이 20억 넘는 자재상이라면 직원 관리를 함부로 해선 큰코다치기 십상이었다. 심사숙고 끝에 경리를 해고하기로 마음먹었다. 여러 이유 중엔 나의 이해타산이 도드라져 있었다. 가게 일상에 전혀 도움이 되지 않는 잉여물 같은 경리에게, 1년이면 1천8백만 원 이상을 쏟아부어야 할 이유는 없었다. 경리가 입사한 지는 51일이 되어 있었다. 합의 끝에 45일 급여를 앞당겨 주는 조건을 내세워 매듭을 지었다.

6

 불필요한 경리는 퇴출이 됐지만 잉여물을 남겨 놓았다. 길고양이는 그렇다 치더라도, 여태껏 반항심이 없었던 두 녀석이 변해 있었다. 도드라진 현상은 경리만 누렸던 특권 같은 근무 시간이었다. 1년 내내 그렇지는 않았으나, 6개월 동안 하루 12시간 근무는 너무 과하다는 시그널을 은연중에 내보여왔다. 퇴출 경리의 하루 8시간 주 5일 근무와 공휴일 적용에 두 녀석의 지각이 흔들리고 있었다. 더욱이 두 녀석의 심리를 부추기는 연쇄작용이 이어졌다. 최근 들어 사회적으로 가속화가 되어 가는 근로 시간 지적이었다.

 매스컴은 하루가 다르게 근로자의 하루 일과 8시간을 넘기면, 노동 착취로 몰아가고 있는 국면이었다. 나는 모든 일상을 시류에 반영한다고 했지만 반발하고 싶은 일면이 있었다. 자영업이 처해 있는 여건 때문이었다. 사실 대한민국의 자영업 실태는 포화 상태를 넘어선 지 오래됐다. 인구 대비 자영업 수치가 미국, 유럽, 일본이 10% 정도였는데, 대한민국은 25% 수준이었다. 치열한 경쟁에서 밀리면 도태된다는 말과 같았다. 사람에게 있어서 가장 두려운 것은 죽음일 것이다. 나이 먹어 편안하게 맞이하는 죽음을 호상이라 했다. 어쩌면 갑작스러운 죽음 역시 같은 맥락일 수는 있다. 가장 고통스러운 죽음이란 며칠 후나 몇 달 후든 죽는 날짜를 정확히 알고 있을 때일 것이다. 자재 자영업 환경이 이와 유사한 여건에 놓여 있었다.

오랫동안 지속해온 자재상들의 세금은 많아지고 제로섬 게임 같은 경쟁과 맞물려 수익률은 감소했다. 반면 치솟는 급여와 여가餘暇 시간이 맞물린 디지털전환 시대는 손등에 얹혀 있었다. 결코 외면할 수 없는 여건에 불만을 드러냈으나 고집불통만은 아니었다. 나 역시 인간이었다. 이 계통에 발을 담근 지 어언 35여 년, 기실其實은 신물이 나 있기도 했다. 신물이 올라온다고 한들 가게 영업시간 조절은 내 의지와 동떨어진 환경이었다. 지금껏 35년을 동고동락해온 거래처와 함수 관계로 엮여 있어서였다. 그들은 대다수 일용직 노동자 못지않게 작업 시간이 많았다. 공사 현장 여건에 따라 새벽 출근, 저녁 출근이 겹쳐 있었다. 들쑥날쑥한 현상이 산재하여 자재를 구매해 온 시간 역시 제각각이었다. 지난날엔 밤 10시에 자재가 필요하다며 압박해 오는 단골손님도 있었다. 아마 매일매일이 호황이라면 2부제를 시행했을 것이다. 10여 년 전에 거래처들과 합의를 봤다. 하절기에는 오전 7시 오픈, 오후 7시 퇴근. 동절기엔 한 시간 빠른 퇴근이었다. 집안 장례 때마저 가게 문만큼은 열어야 했다. 혹여 두 시간만 앞당겨 문을 닫을라치면, 며칠 전부터 대문짝만한 안내문으로 사정을 수없이 알려야 했다. 오후에 한 시간만 일찍 문을 닫아 버리면, 그동안 우리가 팔아준 것이 얼만데 이제 배가 불러서 그러는 거냐며 거래처를 옮기겠다는 말을 거침없이 쏟아냈다. 그중에는 공감이 가는 말이 있었고 억지를 부리는 말도 있었다.

"처음 장사할 때는 간이라도 빼줄 것처럼 했잖아. 현장 배달까지 총알처럼 해 주었는데, 변해도 너무 변했어. 막노동들이 언제 시간 정해 놓고 일했어? 우리도 너희 못지않게 더 쉬고 싶지만 현실은 그게 아니잖아. 잔 배달(적은 금액)은 안 된다, 해 떨어지기 전에 문 닫는다, 돈 많이 벌면 우리 같은 놈들은 눈에도 안 찬다. 이거지."

오래된 자재상이 살아 나가는 현실은 여러 현안이 겹쳐 있었다. 국가나 지식인은 근로 시간을 줄이라 하고, 거래처들은 줄이지 말라 했다. 말발 좋은 인간들이 쏟아낸 말에는 '기울어진 운동장'이라는 표현이 있다. 어디 그뿐이랴. 불평등 세상을 별의별 언사로 도배해 나갔다. 난마 같은 현실을 사회 분위기 조장助長으로 엮지 말고, 현실 타계 정책부터 만들어 내야 했다. 그렇지만 매스컴과 위정자들은 개선책보다는 불부터 질러 놓고 뒤로 빠지는 짓거리만 줄기차게 해왔다. 반복된 언쟁이 항상 사회 혼란을 부추기기만 했다.

냉동 전기 자재 시장 규모에 비해 소모성이 조족지혈이라 할 수 있는 냉동 자재상의 어려움은 나 홀로 판매상과 겹쳐 있었다. 에어컨 설치 종사자나 삼성, LG 기사들이 가끔 나 홀로 창업을 했다. 그들은 직원이 없었고 영업시간 제한과 휴일이 없었다. 누구의 간섭 없이 살아간다는 뜻이었다. 나 홀로 자재상은 주야는 물론 휴일도 없이 영업을 지속했다. 작업자들이 원하면 언제든지 가게 문을 열었다. 나 홀로의 현실이 오래된 냉동 자재상의 근무 시간 조절 악재로 다가왔다. 그들은 고객 유치에 심혈을 기울여왔다. 아침 방문객에게 식사 대용 빵과 음료수 서비스부터, 여름엔 얼음 생수를 무료로 주었고 겨울이면 뜨거운 캔 커피를 제공했다. 비좁은 상권에 고객 유치 술책만 날로 진화되었다.

나 홀로 사업자는 나름의 원인은 있었다. 난맥상만큼이나 엉켜 있는 세상살이 때문이었다. 직장 생활보다는 스스로 자립한다는 명분을 내세웠다. 그들의 명분을 타박할 수 있는 현실은 아니었다. 더욱이 그들은 직원을 두지 않아 가게 임대료 외는 잡비를 줄일 수 있는 장점이 있었다. 나 역시 처음 장사를 시작했을 시기엔 그들과 별반 다르지 않았지만, 현격한 차이점을 감내해야 했다. 앞선 선배 자재상과의 구역 구분이었다. 창업에 앞서 선배 자재상들의 양해를 얻어가며 사각지대에 안착해 왔었다. 상도의 때문이었다. 그러나 현시대는 그런 상도의 자체를 무시해 나갔다. 포화 상태의 구역정리는 국가의 몫이었지만, 대한민국의 개인주의 법 의거에 속수무책으로 방관했다. 막말을 한다 치면 뒈질 놈은 뒈지고, 살 놈만 살아남으라는 행위와 같았다. 자재 자영업은 경계 구분이 없었고 난장판 세계와 너무나 흡사했다. 복마전 같은 세상은 점점 급박하기만 했다.

불과 두 달 사이에 국가와 경리에게 총알 맞은 것 같은 가게는 새로운 변화를 시도했다. 먼저 거래처와 가게 근무 시간 절충안을 제시해 나갔다. 토요일만큼은 오후 5시에 문을 닫겠다는 절차를 고지했다. 두 시간을 홍보하는데, 6개월 이상 걸렸다. 비수기인 11월부터 3월까지는 토요일 격주 근무를 하겠다는 청사진까지 제시했다. 이 역시 만만치 않겠지만 계속 시도해 나갈 작정이었다. 이 정도의 성의라도 내보여야만, 두 녀석에게 꼰대의 변모된 생각을 인지시킬 수가 있어서였다. 뿌리 깊은 일상의 변화란 어렵고 힘겨웠다. 자구책 같은 현상은 현실을 역행할 수 없다는 고육지책의 일환이었다.

가게의 일상에 고뇌하는 나와는 달리 가게 생활을 만고땡으로 여기는 종이 있었다. 경리가 남겨 놓은 노폐물 같은 고양이 녀석이었다. 노폐물 같은 녀석은 외려 싱싱했다. 하루가 다르게 쑥쑥 자라나는 대나무처럼 여겨졌다. 몸집이 점점 커짐에 따라 내지르는 음성 또한 확연하게 달랐다. 음성이 달라지면서 행동마저 눈에 띄게 돌변했다. 고양이가 가장 먼저 드러낸 행동은 자유를 달라는 노골적인 반항이었다. 그러니까 이제는 화장실 생활을 청산하겠다는 항의를 피력해 오는 것과 유사했다. 고양이는 가게 오픈 시간을 정확히 감지해내고 있었다. 가게 문을 오픈함과 동시에 여자 화장실이 요동을 쳐왔다. 화장실 출입문을 빡빡 긁어가며 요상 망측한 음색을 쏟아냈다. 처음 겪는 고양이의 행동이 배은망덕처럼 여겨졌다.

먹여 주고 재워 주면서 자라게 해 준 은혜를 생떼로 드러내는 배신행위와 다르지 않았다. 고양이의 너절한 행동은 시끄러움보다는 방문 손님 눈치를 살펴야 했다. 가게 문을 엶과 동시에 손님 출입이 시작되었는데, 여자 화장실에서 쏟아내는 괴기한 울음소리가 매장 안의 소음이 되어 울려 퍼졌다. 단골손님들이 한목소리로 항의해왔다.

"허~허 사장님, 돈을 많이 벌면 뭔가는 다르긴 다른가 봅니다. 그려. 화장실에다 시베리아 늑대 새끼까지 애완용으로 기르다니요. 그래서 사장님은 특별한 사람으로 평판이 났는가 봅니다."

그런 것이 아니라면서 항변해 보려 했으나 매듭 말이 난해하여 입을 다물었다. 고양이 담당을 자처해온 동철이 녀석이 안쓰러운 생각에 잠깐 화장실 철문을 개폐시켜주었다.

고양이는 문이 채 열리기도 전에 재빠르게 매장 안으로만 파고들었다. 가게 매장 내부는 설계부터 냉동전기 자재 판매를 염두에 둔 건물이었다. 높이가 3.5미터라서 복층을 만들어 놓고 2층으로 사용해왔다. 1.5미터 복층을 만들어 놓아 매장 안의 사용 면적만 80여 평에 이르렀다. 고양이 담당을 자처한 동철이 녀석이 화장실을 개방해 준 것은 나름대로 생각이 있었다.

방문 손님들의 지적처럼 기괴한 화장실의 시끄러움 때문이었다. 복층 한편에 찾아 들어 얌전히 있어 달라는 그런 뜻이었는데, 바람대로 그리만 해 준다면야 아무런 문제는 없었다. 함께 살아가려면 그래 주기를 바랐으나 어리석은 생각이었다.

고양이는 사람이 아니었다. 골목 고양이의 특성이었는지 강아지처럼 고분고분하지 않았다. 태어나기 무섭게 제멋대로 살아가는 길고양이였던 것이었다. 두 녀석은 손님 출입이 제한된 2층 다락에다 올려놓으면 얌전히 처박혀 있기를 바랐으나 착각이었다. 자비심이 가미된 희망 사항일 뿐이었다. 고양이 녀석은 두 녀석 머릿속 그림 같은 고양이가 아니었다. 강아지 새끼 못지 않게 사람을 졸졸 따라다니는 고양이라는 사실을 전혀 몰랐었다. 길고양이가 사람을 따라다닌다? 이해하기 어렵겠지만 현실이었다. 녀석의 행동은 너무나 특이했다. 눈치코치 체통과는 아예 단절한 채 살아가는 놈이었다. 화장실이 답답하다며 요동치는 괴팍스러운 행동에, 복층에 올려놓았던 것인데 뒤돌아서기 무섭게 1층 매장을 향해서만 파고들었다. 매장으로 잠입했을지라도 손님들 눈에 띄지 않아야 했다. 고양이 녀석에게 얌전한 행동을 바란 두 녀석만 바보가 되었다. 고양이 녀석은 1층 매장을 거리낌 없이 휘젓고 다녔다. 가게 방문 손님은 자신의 일과에 맞춰 자재 부속을 골랐다. 매장 이곳저곳을 살피던 손님 앞으로 느닷없이 튀어나오는 고양이의 출현에 소스라쳤고, 잡으려는 손님이 있었다. 녀석은 등이 새카만 놈이었다. 각양각색의 자재들이 오밀조밀 널려 있는 매장은 복잡한 구조로 되어 있었다. 고양이가 이 구석 저 구석을 휘젓고 다니는 동작은 상상외로 빨랐다.

새카만 CV 전선 더미에 숨어 있다가 예고 없이 튀어나올 때면, 표정이 창백해지는 손님이 있어서 상당한 주위가 요구됐다. 고양이를 키워본 경험이 없었던 나와 두 녀석은 당혹감을 감추지 못했다. 그러거나 말거나 녀석은 아랑곳하지 않았다. 제멋대로 매장 구석구석을 휘젓는 녀석의 행동반경은 걷잡을 수 없었다. 꺾어진 꼬리 때문에 움직임이 기우뚱거렸지만 개의치 않았다. 커져 버린 덩치에 가속도가 따라붙어 행동마저 민첩했다. 어느 땐 화장실을 빠져나온 녀석을 잡으려면 두 놈의 협력이 없이는 어려웠다. 전혀 예상치 못했던 고양이의 막무가내 행위에 가게는 혼란스러웠다. 화장실에 감금해 놓으면 악다구니의 발광을 떨었고, 화장실만 벗어나면 가게 안을 천방지축 훑고만 다녔다. 골치 아픈 피조물이었다.

앞뒤 분별없이 나대기만 하는 녀석에게 하나의 특이

한 현상이 있었다. 가게 출입문이 열려있어서 내심 밖으로 나가버리길 바랐지만, 바깥으론 고개조차 내밀지 않았다. 나의 눈에는 거슬릴 정도가 아니었다. 불순물을 넘어 영업 훼방꾼 못지않게 여겨졌다. 휘젓고 다니는 행동이 눈에 거슬린다고 하여 바깥을 향해 내동댕이칠 수도 없었다. 경리 퇴출 전 녀석을 내치려 했던 나의 모진 행동으로 입지가 축소되어 있어서였다. 원망보다는 바로잡을 수 없는 내막에는, 권력 기관과 파편화 되어 버린 세속 변천이 한몫을 거들었다고 여겼다.

경리가 없어진 가게는 지난날과 별반 다르지 않았다. 컴퓨터는 제 기능을 못 했고 거래명세서 일상으로 되돌아왔다. 재철이는 컴퓨터 명세서 출력을 해내지 못했지만, 세무사가 대행해 주어 차질은 없었다. 이번 기회에 완전한 전산망을 갖추려 했으나 두 녀석은 관심이 없었다. 답답했지만 나 역시 컴맹이라서 어찌할 도리가 없었다. 경리의 잉여물인 길고양이 새끼만 남았는데, 두 녀석이 고양이와 더 밀접해져 있었다. 매일 겪는 12시간의 지루한 일과 시간에 고양이를 끼워 넣었다. 고양이를 마치 본인들 기분 전환 애완동물로 여기는 것 같았다.

불과 3~4년 전만 같았더라면 두 녀석을 가차 없이

내쳐버렸을 것이다. 3~4년 전엔 가게에 입사하려는 자원自願이 넘쳐났다. 불과 몇 년 전이었는데 그런 호시절은 호접몽에 불과했다. 생활환경 개선이란 필요한 항목이라 여겨왔었다. 하지만 급진적인 변혁이 발목을 잡는 현실을 만들어 냈다. 계절보다 빠르게 변해가는 세속은 나 같은 꼰대들이 갈망했던 세상이 아니었다. 배고픔이 없는 세상, 사람답게 사는 세상을 동경해가며 열심히 살아왔었다. 꼰대들의 근면 성실의 결과물이 물질 만능 세상을 만들어 냈다. 하지만 사람답게 살아갈 수 있는 세상이 도래되었으나 나약한 이기심만이 만연했다. 자신 능력보다는 추상적인 일자리만 갈구하며, 참다운 노력은 등한시하는 세태를 나는 이해할 수 없었다. 특히 자재 자영업 일자리에 젊은 인력 기피 현상은 노골적이었다. 나는, 이 부분을 무척 난해하게 여겼다. 모든 일자리에는 굴곡이 있었다. 초보 시절부터 만족한 일자리는 거의 없기 때문이었다. 자영업 일상은 곡괭이를 쳐들고 땅 파는 작업은 아니었다. 무거운 전선이나 동파이프를 옮기려면 나르기도 해가며 굴리기도 했다. 힘겨운 일과는 잠깐잠깐 행해지는 일상이었다. 자재가 팔려나가는 형편에 따라 움직여 나갔다. 손님 방문이 한가하거나 궂은 날씨면 하품을 쏟아내면서 핸드폰 게임을 했다. 그러니까 매시간 쉼 없이 바쁘지만은 않았다.

  정부에서 가끔 발표하는 청년 일자리 창출 지표는 항상 마이너스로 집계됐다. 일을 하려고 해도 일자리가 없다는 것이 요지였다. 나는 이런 통계가 나올 때마다 나라의 백년대계를 내다보는 식자識者는 단 한 명이 없음을 통감하곤 했다. 청년세대의 일자리 기피 현상은 IMF 직후부터 꿈틀거렸다. 위정자와 식자들은 청년세대들이 앞장서서 IT 산업을 이끌어야만 선진국 대열에 합류한다며, 창업자금까지 권장했다. 반면에 중소기업과 건설 현장 일자리는 변방에다 방치해 놨었다. IT 산업 육성도 중요하겠지만 그에 못지않게 저변의 일자리 체질 개선 역시 역점에 두어야 했다. 그러니까 건설 작업 현장이나 중소기업이나 공무원. 대기업의 처우 수준으로 만들어 나가야 했었다. 하지만 위정자들과 지식층들은 공평성보다는 자신의 위상에만 몰두했다. 청년세대는 IT 산업 창업에 성공 신화를 창조한 몇몇 CEO를 자신의 이상향으로만 여겼다. 반대급부로 저변의 일자리는 철저히 기피 하는 현상을 만들어 냈다. 그럼에도 저변의 일자리엔 무심했던 위정자들과 식자들은 줄기차게 새로운 일자리 창출과 하루 8시간 근로환경만을 되뇌었다. 이따위 형태 때문에 이질감만 생성해 놓은 결과를 안아야 했다.

보편성의 삶에 계급의식을 만들어 놓아 참다운 삶들이 근거지를 잃어버렸다. 화이트칼라에 배금주의만이 만연된 세상이 되고 말았다. 결국 자신들의 능력보다는 금수저와 흙수저를 들먹이며 질투심만 양산해 냈다. 돈만 우선시하는 현상은 묻지 마 교육이 만들어 낸 이전투구와 같았다. 나 같은 사람이야 저학력이라서 장시간 노동에 순응해왔다고 여길지 모르지만, 나 역시 같은 심장을 가진 인간이었다. 힘겨운 일상을 좋아하지 않았고 장시간 근로 시간은 고혈을 짜내는 악습이라 여겼다. 그렇지만 밤낮없이 노력해온 것은 나의 분수를 자각했기 때문이었다. 어른들은 요즘 젊은이들이 버릇이 없다는 푸념을 가장 많이 내뱉는다. 세대 갈등은 이집트 피라미드에도 적혀 있고, 소크라테스도 주절거렸다. 사실 대한민국 중장년 세대는 본인 자식에 만큼은 지나칠 정도로 지극 정성이었다. 어른이라 일컫는 인간의 편견이 세상살이를 멍들게 만들어 놓았다고 해도 지나치지 않을 것이다. 사람들이 살아가는 소중한 가치는 외면한 채 출세 지향 주의만을 주입시켜 놓았기 때문이었다. 최근에는 심지어 초등학교 6학년생이 미적분과 고3 교육을 끝내야 하는 시대로 변했다. 땀 흘리는 진정한 근로의 가치를 마치 미개한 행동인 것처럼 여겼다. 미덕이 깃든 육체 근로를 노가다로 여기는 정서만 만연이 되어가는 현실이었다.

　현시대를 떠받친다는 젊은이들의 직업 군상을 나는 정확히 모른다. IT 산업이 널려 있는 세상이었고 직업명 표기 문자는 외래 문자가 대부분이어서다. 우리 시대와는 너무나 현격하여 변해가는 속도 역시 제어하지 못했다. 자신밖에 모르는 욕망은 사회를 피폐하게 만들었다. 나 같은 사람은 눈알이 돌 지경이었다. 아무리 현란한 세상이라지만 갖춰야 할 덕목 하나쯤은 있어야 했는데, 그마저도 거의 사라져가는 형국이었다. 그저 자신의 편안한 일상만을 최우선 순위에 두었다. 현대의 젊은이들은 애완동물을 다듬고 털 깎는 일을 할지언정, 육체노동은 회피했다. 힐링healing이란 말이 쏟아지기 무섭게 젊은 세대는 환호했다. 휴식만이 삶의 재충전 모드라 여겼다. 급속히 변해가는 현실이 일요일만 쉬는 가게라 하여 거의 기피 했다. 사실 하루 12시간 일과라지만 지엽적인 여건이 함축되어 있었다. 지엽적이기 때문에 실상 움직이는 시간은 여섯 시간 정도였다. 점진적으로 변해가는 일상사는 즐겁게 받아들였을 때, 결과가 좋았다. 모든 일이란 자발적으로 해 나가야 불편치 않다는 말이다. 일이란 언제나 저 홀로 무겁고 먹어 치운 삶이라 하여 항상 가볍게 여기는 풍토는, 하루빨리 도려내야 할 종양 같을 거라 여겼다.

7

 25년 전에 함께했던 직원 중에서 특이한 녀석이 있었다. 녀석은 가게 입사 3개월 만에 거의 모든 자재 명칭과 용도를 파악해 나갔다. 머리는 천재 수준이 아니었지만 기이하게 여겨서 꼬치꼬치 캐물었다. 막힘없는 녀석의 답변에 나는 매번 감격했다. 가게 입사 즉시 손바닥 수첩을 쥐고 다니면서 자재 명칭과 용도를 꼼꼼히 기록해놓고서, 기록으로만 끝내지 않았다. 밤새 암기를 해냈다는 말이었다. 감명받은 나는 녀석에게 최선을 다했다. 그는 10여 년 후에 독립해 나갔다. 15년이 지난 오늘날엔 대한민국을 망라하여, 열 손가락 안의 냉동 전기자재상 사장님이 되어 여러 사람의 귀감이 되었다.

 하면 된다는 말이 맹물 같은 말은 결단코 아니라 여긴다. 작금의 세대들은 40세 이전까지는 거의 대학 교육을 마친 지식인이라 해도 틀리지 않을 것이다. 꼰대들 세대와는 확연한 차이가 있었다. 간편한 회화와 문해력을 겸비하여 이해가 빠르고 안목의 시야가 넓었다. 그런데도 자기도취 편향에서 허우적거리는 경향이 즐비했다. 세상살이는 만만치 않다는 현실을 항상 상기해야 했다. 처음부터 힘든 일이라 여긴다면 정착할 자리는 없다. 힘들어 보이는 일자리 곳곳에는 창의성이 내재 되어 있었다. 그러니까 매사를 터득해 나가는 인내심을 길러야만 재테크가 형성된다는 의미였다. 신세대는 늙은이의 지난 세월을 도마뱀 꼬리쯤으로 여겼다. 반면에 늙은이는 신세대를 나약한 기회주의자로 인식했다. 상반된 사고는 너무나 선명했다. 아날로그나 디지털도 한 줄기에 속했다. 디지털의 모태는 아날로그가 아니었든가? 결국은 구세대들이 있어서 신세대들도 있는 것이다. 실상은 같은 뿌리라는 뜻인데, 머릿속에 들어 있는 생각의 차이는 너무나 벌어져 있었다. 꼰대들은 격차감에 허탈해했고, 젊은이들은 고정관념을 타박했다. 현격한 차이의 사고思考는 맹신만 증폭시켰다. 세대 차이를 떠나 선진사회를 원한다면 화합이 우선순위라 여긴다. 항상 자신의 자리가 고달프다고만 여기면 반목질시 현상만 나타났다.

  사람의 일상이야 어떻든 고양이는 제멋대로 행동했

다. 영업 편의상 통로 주위에 비축해놓은 자재를 자신의 놀이터로 여겼다. 녀석이 가장 좋아하는 곳은 동그랗게 말려진 CV 전선 더미들이었다. 새카만 CV 전선 속으로 파고들면 분별이 쉽지 않았다. 묘한 현상이었다. 가게 자재를 배치한 구조가 녀석에게 안성맞춤이었다. 그러니까 고양이 녀석 놀이터로 더할 나위가 없다는 뜻이었다. 마치 일련의 상황을 위해 미리 설정해놓은 듯한 착각이 들 정도였다. 고양이 녀석이 파고들 곳은 전선뿐만이 아니었다. 원을 만들어 놓은 냉난방용 동파이프와 냉동 보온재 등이 널려 있었다.

천방지축 나대는 고양이는 어쩔 수 없다고 여겼는데, 가게 흐름이 묘하게 바뀌기 시작했다. 가게 자재 판매 운영에 있어서 변화의 바람이 일렁거리고 있었다. 변화란 바람직한 현상이라 여겨왔다. 인생을 살아가는 데 변화해나가는 삶이란 퇴행보단 항상 진보성이 함축되어 있어서였다. 여기까지는 나 역시 바라는 현상이었다. 그런데 변화에는 전혀 예상치 못했던 현상이 꿈틀거리고 있었다. 끼리끼리라는 문화는 전혀 고려해 보지 않았는데 맹점이 만들어졌다. 에어컨이나 전기공사 작업자의 세대교체가 한몫을 거들었다. 코딱지 같았던 가게 오픈 시기에 함께 동고동락을 해왔던 선후배의 퇴역이었다. 세대교체 바람이 가게 풍토에 영향을 미쳤다. 나는 가게 전면인 메인 포인트에서 자재 판매와 주문받는 역할을 35년째 지속해왔다. 모든 거래처 방문객이나 전화상담은 나를 중심으로 이루어져 왔는데, 고착된 일상이 야금야금 퍼석해지기 시작했다. 나를 찾는 고객보다는 두 녀석을 상대로 상담하는 고객이 점점 많아졌다. 느닷없이 동철이보다 1년 빠른 재철이 핸드폰이 바빠지기 시작했다. 통화가 많았던 3대의 전화 벨보다는 재철이 녀석 핸드폰에 저장된 아이돌 컬러링이 나의 신경 줄을 자극해왔다. 변화의 물결 현상에는 늙은이와의 통화는 부담스럽다는 뜻이 내포되어 있었다. 이상한 형태의 바람이 늙은이를 더욱 옥죄기 시작했다. 상대 고객 대다수는 점점 젊은 세대로 바뀌어졌다. 그들의 행위는 거의 노골적으로 드러났다. 꼰대와의 대화는 여러모로 불편하니까 젊은이끼리 통화하겠다는 것이 아니겠는가.

현대 정보는 젊은 세대 몫이라는 은유인 것만 같았다. 기실 말이 은유였지 실은 2선 후퇴를 종용해오는, 눈에 드러나지 않은 압박이었다. 어처구니없다고 여긴 실상이 소외감을 넘어 무력감을 만들어 냈다. 늙어가는 세월을 반기지 않았지만, 나이 차이로 따돌리는 것 역시 달갑지 않았다. 꼰대의 진부했던 삶이 낭떠러지 앞에 다다랐음을 느껴야만 했다. 이제부턴 주객이 전도된다 한들 쑥스러워하거나 거부할 수 있는 여건이 아니었다. 꼬질꼬질해지는 현실만이 내 가슴을 더욱 짓눌러왔다. 가슴이 답답하다 하여 드러내놓기가 어색했다. 갑자기 나 자신이 비루하게만 여겨졌다. 초라하다 하여 찌그러질 때는 아니었다. 젊어진 고객과 격차를 좁혀야 했다. 생리에 맞지 않는 행동을 해내면서 멋쩍은 웃음을 지었다. 어색했지만 사근사근한 행동을 만들어 내면서 젊은 고객을 맞이해 나갔다. 가게 중심축이 되어 버린 두 녀석과 호흡을 맞추려면, 고양이와 가까워지는 척이라도 해야만 했다. 소외감에는 늙어가는 꼰대라는 징표가 얹혀 있었다. 어쩔 수 없는 현실이었다. 나의 변화에 두 녀석의 얼굴색이 밝아졌다. 나는 현명한 선택이라 여겨가며 입술을 깨물었다. 이런 것이 개혁이라면 늙은이가 서야 할 자리는 어디에도 없을 것만 같았다.

  동철이 녀석은 오전 가게 출근과 동시에 가장 먼저 고양이를 챙겼다. 녀석의 안하무인을 경험하여 나름의 자구책을 만들어 냈다. 여자 화장실 문을 열고 한편에 2미터 노끈으로 강아지처럼 묶어 놨다. 녀석의 까칠한 성격을 제어할 수 있는 합리적인 방법이라 여겼다. 그저 우리가 바라는 시간만큼만 얌전히 참아 주길 바랐다. 이 또한 대단한 착각이었다. 고양이 녀석의 행동이 또 다른 문제점을 만들어 냈다. 채 10분이 지나기도 전에 이빨로 노끈을 잘근잘근 씹어 놓고 제멋대로 행동했다.

  도·소매상이지만 도매에 주안점을 두고 있는 가게 일상은, 바쁜 시간과 한가한 시간이 구분되어 있었다. 항상 바쁜 시간은 오전 7시 오픈 때였다. 방문 작업자마다 자신의 현장 여건에 따라 그날그날 자재를 구비해온 과정 때문이었다. 고객들의 작업 현장은 수시로 달랐다. 어떤 현장은 서울이었고 인천이나 수원, 원주, 심지어 대구, 부산일 때가 있었다. 주로 당일 작업이 많았지만, 며칠이 걸리는 현장과 두 군데 이상을 처리해야 하는 등 일정하지 않았다. 가게 일상은 거래처의 활동성에 따라 시시각각 변했다. 영업시간 중에서 가장 바쁜 시간은 문을 여는 아침 2시간 정도였다. 어떤 거래처는 가게 오픈 전에 대기하고 있었다. 제법 떨어진 지방 현장은 아침 출근 시간과 겹치지 않기 위해 서둘렀다. 이럴 때면 나는 오전 6시 이전에 출근해야 했다.

  어차피 한통속이 되어 버린 고양이에게 바라는 시간은 가게 문을 열고부터 시끌벅적한 2시간이었다. 그러니까 2시간 정도만 얌전히 있어 달라는 당부나 마찬가지였다. 하지만 우리가 바라는 생각과 고양이 생각은 너무나 달랐다. 고양이 녀석 역시 손님이 들락거리는 두 시간을 반기고 있었던 것이었다. 통상적인 생각은 강아지나 개들은 사람 무리를 싫어하는 걸로 여기고 있었다. 하물며 예민하다는 고양이라면 더 생각할 필요가 없을 것 같았는데, 고양이 녀석은 우리들의 생각과는 정반대였던 것이었다. 나와 두 녀석은 야생 고양이 전문가가 아니라서 습성 자체를 전혀 몰랐다. 녀석의 습성은 모르면서 애완동물에 기준을 두어 바쁜 아침 2시간을 못 참나? 라는 결론이었다. 녀석의 행실을 논하기에 앞서, 애초에 길고양이 새끼를 영업하는 매장 안으로 입양을 시킨 것부터가 단추를 잘못 끼운 것이었다. 물론 자발적인 행위는 아니었을지라도 말이다.

  지난 시간의 경리를 떠올리기보다는 현실이 우선이었다. 생각 끝에 쇠사슬을 준비했다. 쇠사슬은 철 고리로 단단하여 고양이 이빨을 견딜 거라 여겼다. 아침 2시간 동안만 쇠사슬로 묶어놓을 계산이었다. 나름 최선책이라 여겼는데, 이 또한 실효성이 없었다. 노끈을 끊듯 이빨로 끊지를 못했을 뿐 발광의 강도는 더욱 거셌다. 어찌나 호들갑을 떠는지 아침 방문 고객들의 어리둥절한 표정에는 죄인이 된 듯한 행동을 자아냈다. 그뿐만이 아니었다. 괴기한 고성을 내질러 놓고 아가리에 핏자국을 남겼다. 아예 여자 화장실을 폐쇄해버리고 가

두는 편이 현명할 것만 같았다. 아무튼 골치 아픈 족속이었다. 밖으로 내친다고 하여 얼씨구 나갈 놈이 아니었고, 두 녀석 눈치를 살펴야 하는 현실이라서 어떤 방책이 없었다. 그저 가슴속으로 씨부렁거릴 수밖에 없었다.

"젠장, 바퀴벌레를 키우는 게 더 났겠네."

답답한 나의 속마음과 달리 두 녀석은 태평세월이었다. 고양이에 관해서는 두 녀석이 주도권을 쥐고 있었다. 내 생각과는 동떨어진 동철이 녀석은 한 발짝 더 건너뛰는 행동을 드러냈다. 동물병원을 방문하여 고양이 목걸이와 하트 모양의 방울 명찰을 구매해 왔다. 하트 명찰에 가게 주소와 전화번호, 고양이 이름을 명시하여 목걸이를 채웠다. 녀석은 자신의 성씨인 오씨를 붙여 놓고 '오나비'라 불렀다. 나는 하품을 쏟아냈지만 제재해야 할 명분이 없었다. 동철이 녀석의 행동을 바라보는 가슴만 답답했다. 전세를 살든 사글세든 당분간 녀석과 함께 지내기로 해버린 약속 때문이었다.

8

 천애 고아나 다름없었던 길고양이 새끼는 자재상 오나비로 변했다. 아예 가게의 한 일원이 되어버렸으나 녀석은 사람이 아닌 고양이일 뿐이었다. 오나비는 가게 오픈과 동시에 여자 화장실 옆 복층 계단에 묶어 놓았다. 물론 노끈을 이용하여 묶어 둔 임시방편이었다. 매장 손님들의 취향을 염두에 둔 자구책이었다. 50여 평의 1층 매장에는 진열장들이 갖춰져 있었다. 부자재 종류가 워낙 많았다. 벽면으로 진열 선반이 설치되어 있었으나 턱없이 부족했다. 화장실 방향의 넓은 통로에다 진열 선반 두 곳을 설치해 놓았다. 두 군데의 선반은 양방향으로 자재를 편리하게 꺼낼 수 있도록 설계되어 있었다. 동파이프 엘보, 각종 테이프, 케이블타이, 새들, 냉동 전기 작업에 필요한 소도구道具 등 각양각색이었다.

가게 오픈 방문 손님은 본인 작업 여건에 따라 진열장에 비치된 부자재를 챙겼다. 매일 아침이면 1~2시간 정도 행하는 일상이었다. 앞에서 밝혔듯이 오나비 녀석은 손님들의 아침 방문을 고대하는 것만 같았다. 녀석은 어떤 형태로든지 서너 겹 목줄을 이빨로 씹어 놓고, 백여우 못지않게 낯선 손님 옆으로만 파고들었다. 그럴 때마다 반드시 꼬리부터 흔들어 댔다. 나는, 애완동물은 물론 고양이 심리나 습성 자체는 알려고 해본 적이 없었다. 강아지가 꼬리를 흔든다는 정도는 알고 있었지만, 고양이가 꼬리를 계속 살랑거린다는 말은 들어보질 못했다. 그리만 여겼는데 오나비의 주특기는 꼬리 흔들기였던 것 같았다. 꼬리 흔들기는 일부러 가르치지 않았고, 부근에 꼬리 흔드는 강아지마저 없었다. 하긴 꼬랑지가 달렸다면 당연히 움직이겠지만, 녀석의 꼬리 흔들기는 유별나 보였다. 결론은 태어나면서 꺾어져 버린 꼬리 때문이었다. 강아지나 고양이 꼬리처럼 부드러움보다는, 약간 꺾어져 있어서 꼬리를 흔들 때마다 특이한 느낌이 들었다. 녀석의 모든 행위를 고깝게만 여긴 데다 고양이들의 행동엔 문외한이라서 습성 자체를 몰랐었는데, 후일 고양이들의 꼬리 흔들기의 정의를 알게 되었다. 꼬리를 높이 세운다는 것은 기분이 좋다는 뜻이었고 털까지 세운다면 방어 자세라 했다. 꼬리를 부르르 떨면 잘 놀았다는 의사였고, 꼬리를 살랑이면 놀이에 집중해 있다는 뜻이었다. 또한 불편할 때는 꼬리를 탁탁 친다고 했다.

고양이 행위를 아예 몰랐기 때문에 오나비의 행동 자체를 전혀 이해할 수 없었다. 아무튼, 하루하루가 지나면서 녀석의 행동이 점점 드러나 보이기 시작했다. 가장 먼저 꼬리 흔들기였는데, 사람이 없을 때는 꼬리를 흔들지 않았다. 강아지 행동과 거의 유사했다. 꼬리 흔들림에 약간의 반응만 감지하면 재빨리 뒤로 돌아 바지 밑단을 물고 잡아끌기 시작했다. 바지 밑단을 잡아당기는데 뒤돌아보지 않을 사람은 거의 없었다. 손님이 뒤돌아봤다, 하면 어김없이 하얀 배를 드러내놓고 발라당 나자빠졌다. 혹여 배라도 만져 주면 손가락 깨물기를 반복해가며, 재차 꼬리 흔들기와 오두방정을 떨어댔다. 개새끼인지 고양인지 분별이 안 됐다. 기행奇行 같은 오나비 녀석의 행동은 수그러들지 않았다. 꼬리를 흔들어 놓고 자신을 바라봐주지 않으면, 살금살금 뒤로 다가가 바지 밑단을 물고 잡아당겼다. 깜짝 놀란 손님이 뒤돌아보기 무섭게 발라당 나자빠져 하얀 배를 드러냈다. 녀석의 행동에 기겁하는 손님이 있어서 어쩔 수 없이 화장실에 감금할 수밖에 없었다. 그렇지만 녀석의 방정맞은 행동을 다스리기 위해 화장실 감금을 지속하지는 못했다. 야~아홍 소리를 넘어 변색된 괴상한 소리를 퍼지르면서, 발톱을 세워 계속 출입문을 긁어서였다. 대체 무슨 생각으로 살아가는 놈인지 전혀 알 수가 없었다. 시끄러움 때문에 어쩔 수 없이 손님이 뜸해지는 시간이면 자유를 허락해 줬다. 자유는 허락해 주었으나 상당히 신경을 써야만 했다. 이곳은 고양이 사육장이 아닐뿐더러, 손님을 상대하는 일종의 서비스가 포함된 영업장이어서였다.

 냉동업 손님 중에 냉장고나 에어컨 작동 원리를 귀동냥으로 배운 사람이 간혹 있었다. 선무당이 사람을 잡듯 이런 부류는 특징이 달랐다. 실무 경험보다는 입으로 쏟아내는 이론만 그럴듯했다. 이론과 실무는 현격한 차이가 있었는데, 에어컨이나 냉장고를 냉매(프레온)만 주입 시키면 되는 걸로 여기는 단순함 때문이었다. 단순한 생각은 기술의 정의를 너무 쉽게 판단해서였다. 세상에 단순한 기술이란 없었다. 겉보기엔 쉬울 것 같지만, 모든 기술의 결과에는 수많은 숙련이 뒷받침되어 있어야 했다. 나 역시 그런 과정을 10여 년 경험하여 자신 있게 말하는 것이다.

 젊었을 때 나는 미장공이었다. 미장이라면 노가다의 대명사로 여겼다. 그랬던 내가 냉난방 기술을 습득하기까지는 많은 애로를 극복해낸 결과였다. 뒤에 차차 설명하겠지만 나는, 냉난방기 기술자로 인식이 되어 있었다. 기술자 인식 내면에는 업자 수리 과정을 거쳤기 때문이었다. 업자 수리란 자칭 냉동 기술자라며 호들갑을 떨어 놓고 고장 수리를 처리해 내지 못했을 때, 내가 해결해 준 경우를 말했다. 많은 수리 건수로 노하우를 겸비하여 제법 오래됐다는, 기능인이라는, 손님의 문의가 뒤따랐다. 냉동기나 에어컨의 고장이라 하여 일정하게 발생하진 않았다. 우리네 일상생활만큼이나 굴곡이 심했다. 뚝딱 수리할 수 있는 고장과 하루 종일 더듬어 놓고 종결짓지 못하는 고장이 많았다. 여러 원인이 겹쳤는데 콘덴서나 눈에 드러난 손쉬운 수리를 한두 번 해 본 사람이 기능인을 자처했다. 간단한 수리만 경험해 본 손님은 날로 진화되어가는 부자재 용도마저 제대로 파악해 내지 못했다.

아침 바쁜 시간이 지나고 한가한 시간 때였다. 낯설었지만 꽤 점잖아 보이는 손님의 방문이 있었다. 그는 소문을 들었다면서 나에게 냉장고와 에어컨에 주입해야 하는 냉매 무게를 문의해왔다. 냉난방기기에는 냉매 주입 때 냉매 무게에 기준을 두지 않는다. 방문 손님 문의는 최근에 주입하는 신냉매 방법이었다. 410이라는 신냉매가 나오면서 달라진 현상이었다. 구냉매는 냉매를 주입할 때 진공을 잡아 놓고, 매니폴드 게이지의 파운드 눈금으로 주입량을 판단해왔다. 나는 어떤 냉난방기든지 냉매 주입 전에 반드시 진공眞空부터 철저히 잡아 놓으라는 교육을 최우선시했다. 방문객은 신냉매나 구냉매의 사용법을 전혀 모르는 손님이었다. 그는 세세한 설명을 듣고서야 에어컨 부자재를 살펴보기 시작했다. 부자재를 살펴보는 손님 뒤로 잠입한 오나비가 바지 뒤축을 물고 잡아당겼다. 한데, 이번 손님은 애완동물을 가까이해온 사람이었다. 애완동물 중에서 고양이를 가장 좋아했다. 바지 끝을 잡아당겨 놓고 발라당 나자빠지는 오나비를 바라본 손님이, 녀석의 하얀 뱃살을 쓰다듬어 주었다.

녀석은 항문 부분의 불룩한 돌기突起를 어루만지는 순간 발작증이 시작되었다. 녀석은 수놈이었다. 돌기는 성별 표식이었다. 아드레날린 수치가 최고조에 달해 버린 녀석이 손님 손가락부터 깨물어 놓고 바지 하단의 깃을 물다가, 일어서서 꼬리를 흔들다, 발라당 나자빠져서 몸뚱이를 굴리는 반복된 행동을 자행했다. 하는 행동이 너무나 앙증맞다며 손님 입이 벌어졌다. 손님과 오나비는 10여 분이 넘도록 혼연일체가 되어 무아지경 속으로 빠져들었다.

손님은 가게를 방문해 올 때마다 먼저 오나비를 찾

으면서 단골손님이 돼버렸다. 결론을 말한다면, 시답지 않다고 여긴 녀석의 행동에 가게 단골손님 한 명이 늘어난 결과였다. 전혀 예상치 못했던 엉뚱한 결과에 오나비의 행위는 더욱 거침이 없어졌다. 단골이 되어 버린 고객을 자신의 공로로 여겼는지, 손님만 눈에 띄면 초면 구면 구분 없이 낯짝을 내밀었다. 낯짝에 철판을 깔았는가 싶을 정도로 설쳐댔다. 낯가림을 전혀 모르는 녀석에게 알량한 현상이 있었다. 취급하는 품목 속성상 여자 고객은 가뭄에 콩 나듯 했는데, 여자 손님이 방문할 때면 강 건너 불 보듯 심드렁했다. 심지어 머리가 긴 아주머니가 나타나면 외려 자재 속으로 파고들었다. 환경 탓인지는 몰랐으나 여자는 철저히 외면했다. 여자 화장실이 자신의 거처였는데 말이다. 아무튼 이상한 놈이었다. 이상한 놈의 행동이 가게 일상의 한 가닥이 되어 나갔다.

두 녀석의 가게 장악력은 눈에 띄게 달라졌지만, 경리가 없는 가게는 잡음 없이 지속되었다. 외려 불필요한 인원이 사라져 신경 줄 하나가 떨어져 나간 듯했다. 오나비의 방약무인이 함께 어울려졌으나 이제는 일상사라 여겼다. 녀석의 일관성 있는 행동에 동조해오는 손님이 하나둘 나타나기 시작했다. 매사는 세월이 약이라는 말과 같이 시간은 융화와 더불어 흘렀다. 오나비는 자신을 별로 좋아하지 않는 나에게 접근을 시도해왔다. 내가 화장실을 갈 때마다 졸졸 따라다녔다. 나는 애완동물을 좋아하지 않았으나 녀석의 접근을 막지는 않았다. 최근에 알쏭달쏭 변해가는 분위기 때문이었다. 가게 분위기에 앞서 녀석의 영악함이 내재된 판타지 같기만 했다. 망상일지라도 녀석의 알랑거림에는 어떤 계산이 깔렸다는 느낌이 들었다. 녀석은 마치 내가 가게 실권자임을 알고 있다는 듯 고분고분 해오기 시작했다. 느닷없이 살갑게 다가오는 행동이 의심스러웠다. 그러거나 말거나 내 생각은 변함이 없었다. 머지않은 시기에 내보내야 한다는 생각뿐이었다. 방출 생각을 지속해온 것은 장사의 본질과 다르지 않았다. 35년을 취급해온 수많은 자재마다 영속성이 없었다. 계절의 변화에 늘 새로운 제품이 나타났다 사라졌다. 나는 항상 취급 품목의 변화를 예측해왔었다. 결과는 언제나 맞아떨어지지 않았으나 항상 그랬다.

오나비 녀석이 여자 화장실에 터를 잡은 지 백여 일이 되어갔다. 녀석이 가게에 피해를 주지 않았다지만 계속 함께 지낼 수 없다는 생각만큼은 변함이 없었다. 어떠한 행동을 해오든 간에 이곳은 녀석의 영구적 생활 터전은 아니라 여겼다. 내 눈에는 자랄 만큼 자란 걸로 보였다. 두 녀석이 내 생각과 같으리라 여기지는 않았다. 오나비라는 이름을 하사해 준 녀석에게 물어볼 말이 아니었다. 두 녀석과의 상의에 앞서 먼저 녀석의 행동을 살펴보기로 했다. 화장실 입구로 따라오는 녀석 머리를 쓰다듬었다. 발라당 나자빠지면서 좋아했다. 이번엔 머리통을 잡지 않고 껴안아 봤다. 꼬리를 흔들면서 착 감겨왔다. 머리를 부드럽게 쓰다듬어 가며 살며시 뒷문을 열고 밖으로 나왔다. 눈앞에 드러난 골목 중, 가게에서 30여 미터의 골목 어귀에다 놈을 내려놓아 봤다. 녀석은 네 발이 땅에 닿을세라 기겁해 가면서 가게 정문을 향하여 냅다 뛰어 버렸다. 멋쩍어진 나는 녀석의 뒤를 따라 가게 안으로 돌아왔다. 오나비를 품에 안은 동철이 놈 눈초리에서 마늘 냄새가 풍기는 것만 같았다.

9

　여름 성수기로 접어든 가게는 점점 매출액이 올랐다. 일일 매출 금액이 천만 단위가 넘어가는 날이면 점심시간을 미뤘으나, 10년 넘게 손발을 맞춰온 터라서 큰 어려움은 없었다. 냉동 자재상은 1년 중 다섯 달이 1년 장사의 분기점을 만든다. 가장 중요한 달은 매년 6월이었다. 6월이 되어 그야말로 절정기를 맞이했는데, 이상 징후가 나타났다.

　냉동 자재상 간판 같은 동파이프 판매 금액이 슬금슬금 뒷걸음질을 쳐왔다. 많은 종류의 자재를 오랫동안 취급하여 가끔 나타나는 현상이라 여겼다. 매년 비성수기를 떠나 경쟁자들의 가격 후려치기는 일시적으로 나타나는 현상이었다. 동 제품의 저가 판매 현상은 언제나 속임수가 따라붙었다. 가게에서 취급하는 품목은 동銅 제품이 많았다. 동파이프나 전선, 피뢰침. 심지어 콘센트에도 동 함량이 섞여 있었다. 동 제품은 우리나라 광맥으론 충당 자체를 할 수가 없어 거의 수입에 의존하는 품목이었다. 전 정부 때 해외 자원 개발에 대통령이 앞장서서 투자해온 이유가 겹쳐 있었다. 우리나라는 동 자원 고갈로 동 제품은 항상 국제 시세가 내수와 맞물렸다. 조달청에서 수시로 동 수입 가격을 고시告示해 주었다. 그렇다면 어느 자재상이나 구매하는 가격 차이란 종이 두께 차이에 지나지 않았다. 실상은 이랬는데, 터무니없는 가격 유통에는 100%의 속임수와 편법이 난무했다. 동 제품은 생산 과정 절차가 있었다. 가장 두드러진 것은 강도(꺾임과 안정성)와 투명(두께 길이)성이었다.

몇 년 전에 새로 창업한 업체가 강도 조절 제조 실패로 도산해 버렸다. 동 제조 실패 제품은 폐기가 정답이었다. 폐기 동은 재생산을 해낼 수가 있었다. 불량품 재생산 과정을 무시해놓고 싼 가격을 앞세워 유통 시장을 뒤흔들었다. 파산되어 버린 회사의 얽히고설킨 금전 문제로 파생된 사건이었다. 정상적인 제품이라면 시장 질서를 뒤흔드는 것은 거의 불가능했다. 불가능 구조에서 가격이 싸다면, 가장 손쉬운 방법은 두께나 길이를 교묘히 빼 먹는 제품이었다. 자재 시장 유통 구조를 가장 어지럽히는 제품이 있었다. 가슴 아픈 현실은 바로 대한민국 전 국민의 생활상과 가장 밀접성이 있다는 것이었다. 할리우드 영화인 '타워링'에 적나라하게 나오는 전선電線이었다. 전선은 대부분 피복 되어 있다는 사실을 모르는 사람은 없을 것이다. 전선에 피복을 감싸 놓은 것은 안정성 때문이었다. 피복 때문에 구리 자체가 눈에 드러나지 않아 온갖 추잡한 편법이 난무했다.

  전선은 전기를 수송하는 심장이었다. 심장 변화가 치명적이듯, 규격 미달 전선 사용으로 많은 화재와 사고가 발생했다. 엄격히 관리해야 할 전선들이 상처투성이가 되어 버린 안타까운 상황이 대한민국의 현실이었다. 아마 전선을 가지고 장난치는 국가는 OECD 국가 중에서 대한민국이 1등이라 해도 과언은 아닐 것이다. 중소제조업 규격 미달 발단은 12·12사태의 부산물이었다. 군부 쿠데타 정권은 명분과 지지의 취약성 때문에 서민 정책을 최우선 순위에 두었다. 나 역시 최루탄이 난무한 학생들의 정권 퇴진 시위에 눈살을 찌푸렸고 서민들 대다수가 그랬다. 군부 독재정권의 유화宥和정책에는 중소기업 육성정책과 자율 자영업이 맞물려 있었다. 12·12 군부의 중소기업 육성정책은 엄격하게 규제해야 할 제조생산품 규격을 느슨하게 관리했다. 이때부터 소규모 제조업체의 규격 미달 생산품이 무더기로 쏟아져 나왔다.

동 제품은 엄격성과 무게 중심 유통을 해왔기에, 일시적인 경쟁 상황이 벌어져 동파이프 유통 가격이 다운된 걸로 여겼는데 그게 아니었다. 두 괴물의 난타전 때문에 발화된 현상이었다. 전국 냉난방 시장 규모는, 그야말로 조족지혈인 새 발의 피라 할 만큼 시장 규모가 작았다. 2000년 당시까지는 전국에 산개해 있는 냉난방 자재상은 50여 업체가 되지 않았다. 시스템 에어컨이 상용화되면서 100여 개의 영세 자재상이 무질서하게 생겨났다.

소규모 영세 유통 시장의 옆구리를 파고든 두 업체가 있었다. 우리나라 아니, 세계 최대 가전제품 회사를 등에 업은 기업이었다. G 그룹 협력업체인 H 기업과 S 그룹 협력체인 R 기업이 냉난방기와 에어컨 부자재 유통 시장을 뒤흔들었던 것이었다. 전혀 예상치 못했던 현상 앞에서 소규모 자재상들은 아연실색했다. G 그룹과 S 그룹에 항의해 가면서 시정요청을 했지만 그들은 철저히 오리발을 내밀어왔다. 하긴 그들이 누구인가? 대기업 중견 간부직을 거쳤다면 편법 달인들일 것이다. 법인명부터 그룹명이 아니었다. 두 기업체의 본질은 두 그룹에 에어컨 부품 납품 지정 업체 형식을 갖추어 놓았다. 그렇다면 에어컨 부품만을 제조하여 납품만 한다면 아무런 하자는 없는 것이다. 그들은 만약을 위한 대비책을 철저히 준비했다. 부수적인 제품 한두 종류를 제조하여 자회사에 납품하는 형태를 취해 놓고, 영세 냉동자제 자영업 거래처를 서서히 잠식해왔다. 그러니까 자영업자들이 취급해온 자질구레한 부속부터 잡다한 전선까지 대량으로 구매하여 저가 공세를 펼쳤던 것이었다. 인지도와 자금력을 바탕삼아 전국에 산개해 있는 자사 대리점들을 회유해가며, 일반 가정집은 물론 관공서, 건설 현장과 제조업체를 공략했다. 포괄적 기득권을 활용하여 벌이는 더럽고 추잡한 짓이었다. 우리나라를 대표해온 거대 그룹은 공공질서 같은 건 안중에 없었다. 어떤 형태로든지 자신들의 배만 채우기에 혈안이었다.

30~40년 유지해온 영세 냉동 자재상은 공룡 같은 두 업체의 콧김에도 독감을 앓았다. 두 기업의 행위는 세계적인 대기업의 얼굴에 생채기를 만들어 내는 행위와 같았다. 하지만 이따위 현실이 대한민국의 경제를 이끌어 가는 50대 그룹의 민낯이었다. L 그룹을 대변하는 H 기업과 S 그룹을 대변하는 두 기업의 가격 후려치기와 강매는, 코딱지 같은 냉동 자재 유통 시장에 혼란을 부추겼다. 그렇지만 목숨 줄이 호박 넝쿨 같은 영업을 중단할 수는 없었다. 영세 업체들이 살아남

는 방법이란 외길뿐이었다. 제 살을 깎아 먹어야만 살아남았다. 지금껏 간신히 지탱해왔던 10%의 마진margin율을 낮춰야만 그나마 장사를 유지해나갈 수 있었다. 선발 주자인 H 기업 에어컨 자재 판매상과 후발 주자인 R 기업 자재상이 경쟁을 시작한 것이다. 일반 자재상끼리의 경쟁이 치열하여 간신히 10%대를 유지해왔던 동파이프 판매 이익이 7%, 경우에 따라선 5%까지 축소됐다. 공정거래 위원회나 두 그룹에 항의해 봤지만, 마이동풍이었다. 선거철이면 자영업 활성화와 영세상인 보호를 줄기차게 쏟아낸 국회의원들은 거의 모리배 같았다. 서민이나 자영업은 대기업의 상대가 아니었다. 입심 좋은 국회의원이나 대통령이 나서기 전에는 씨알이 먹히지 않았다. 대한민국의 유통 시장 질서는 국가와 대기업이 앞장서서 초토화로 만들어 놓았다. 골목 상권을 쑥밭으로 만들어 놓은 당사자들이 앞장서서 자영업 활성화를 주창해왔다.

헝거 게임 같은 유통 시장에는 약자들의 공동묘지만 늘어나고 있었다. 자영업으로 살아가는 길은 거칠면서도 모질었다. 대기업에 차이고 국가에 비틀리고 변해가는 세속 경제에 승복해야만 했다. 제법 규모가 있는 거래처 에어컨 설치 매장을 대기업에 빼앗기지 않기 위해, 하루하루 수십 번씩 주판알을 튕기는 나날이었다.

당장 때려치우고 싶은 날들이 버겁기만 했다. 35년 동안 외길만 걸어와 다른 길은 생각할 수가 없었다. 세금과 봉급 외에 소비 지출은 늘어나는데, 소득은 줄어드는 현실은 갑작스레 터져버린 복막염만큼이나 무서웠다.

 고심하는 나와는 달리 오나비는 아무런 근심 없는 태평세월을 만끽해 나가고 있었다. 인간의 시간과 고양이의 시간은 달라도 너무나 달랐다. 일정한 초침을 안고 함께 공존한다지만, 녀석의 행동 하나하나가 부럽다는 생각이 들었다. 멍청한 생각이겠지만 주변부의 먹구름 때문이었다. 어이없는 생각에 나도 모르게 움찔거리다 헛웃음이 쏟아져 나왔다. 살다살다 고양이 새끼와 처지를 비교해보는 현실이 비참하게만 여겨졌다.
 어찌 고양이의 처지와 비교를 하겠는가마는, 일상의 여건들이 뒤틀려 튀어나온 생각이었다. 주위의 여건이 녹록지 않다고 하더라도 이렇게 살아가는 일상을 감사히 여겨야 했다. 세상 이치에 어긋난다고 탓해가며 불만을 쏟아내 본들 달라지는 일상이 아니었다. 난맥상 같은 세상에서 나 자신이 헤쳐 나갈 수 있는 영업이라는 것에 그나마 감사할 따름이었다. 시시각각 우여곡절을 겪어오면서 여태껏 자영업을 계속 지속해왔다. 도소매업을 35년간 지속해오면서 먹고 살았다면 그나마 잘살아온 것이다. 매사를 부정보다는 긍정적으로 여겨야 한다지만 그게 참 어려웠다. 불합리한 실상과 마주칠 때마다 어머니의 천둥소리 같았던 일성을 되새겨 봤다. '항상 남 탓만 하지 마라. 주어진 여건에 최선을 다해라. 세상은 너보다 어려운 사람이 많단다. 인생살이가 내 맘대로만 펼쳐지는 것 또한 불행의 씨앗이란다.' 어머니의 말씀을 소환해 보지만 항상 실행에 옮기지는 못했다. 뒤틀린 세상을 살아가는 인간이기 때문에, 옆 사람보다는 더 잘살아야 한다는 집착을 떨쳐내지 못해서라 여겼다.

24절기 중 하나라는 하지와 단오를 지나치기 무섭게 무더위가 기승을 부렸다. 가게 매장에 에어컨이 켜지기 시작했다. 천상천하유아독존이 되어 버린 오나비는, 가게 오픈과 동시에 무량無量한 하루를 맞이해 나갔다. 아침이면 가게 문이 열렸고 화장실 문이 열렸다. 화장실이 개방되기 무섭게 녀석의 천방지축은 일상이 되었다. 일면식이 있는 손님은 물론 초면 구면 가리지 않고 강아지 못지않게 무조건 꼬리를 세워가며 흔들었다. 의기양양해진 녀석은 자신이 마치 가게의 코디네이터인 양 거리낌이 없었다. 꼬리 흔들림에 약간만 반응을 나타내면 어김없이 바짓가랑이를 물어 놓고 발라당 나자빠졌다. 녀석의 묘한 행각은 변함이 없었다. 잠시 잠을 자는 시간마저 없어 보였다. 하긴 긴긴밤이면 화장실 안에서 실컷 퍼질러 잤는지도 모른다. 손님이 방문하면 녀석이 가장 먼저 앞서 반겼다. 오나비의 행동을 손님들이 평가하기에 이르렀다. 어떤 손님은 개고양이라 불렀고, 단골손님은 오나비라 불렀다. 귀엽다며 머리를 쓰다듬기 무섭게 재빨리 손가락을 물어왔다. 녀석의 성장과 함께 이빨의 강도가 더하여 손가락에 상처가 날 지경이었다.

한 달 전까지는 야들야들한 느낌이었는데 어느 순간에 손가락이 아려왔다. 역시 동물과 사람은 확연히 다른 것 같았다. 강약 조절을 해내지 못하는 행위 때문이었다. 손 아림에 머리통을 쥐어박으면 재빠르게 도망쳤다. 녀석이 꿀밤 한 대에 도망갔다고 여기면 오산이었다. 도망이 아니라 꿀밤을 맞으면 의사소통이라 여겼다. 매장 구석구석을 한 바퀴 휘저어 놓고 어느새 면상을 내밀어왔다. 몰풍정沒風情 고사처럼 달의 정취도 모르는 개처럼 나댔고, 미운 중놈이 고깔을 모로 쓰고 '이래도 밉소' 하는 짓과 유사했다. 천방지축 나대는 것 같았으나 녀석의 행동에는 일관성이 있었다. 언제나 손님을 반기는 일치된 행동은 꼬리 흔들기가 1막 1장이었다. 꼬리 흔들기는 관심을 끌어내기 위한 탐색

전이었고, 발라당 나자빠지기는 호감을 유발해내기 위한 행동이었다. 다음은 바짓가랑이 물어 당기기였고 손가락 깨물기, 도망가기와 야~아옹이 녀석의 순서였다. 습관이라기보다는 자신의 존재를 드러내는 방식이라 여겼다.

녀석의 변함없는 행동이 자신의 주가를 올려놓았다. 가게를 방문하는 단골손님이 외려 오나비를 먼저 찾기 시작했다. 몇 번 언급했지만, 나는 고양이나 강아지의 습성에 대하여 문외한이라 해도 과언이 아니었다. 오나비가 무엇 때문에 강아지 새끼 못지않게 꼬리를 흔들고 물어뜯고 나자빠지는 행위를 반복하는지는 전혀 몰랐다. 처음엔 대수롭지 않게 여겼던 행동들이 마주치는 시간이 많아지면서 궁금증을 만들어 냈다. 궁금증은 여러 갈래 생각으로 겹쳐졌다. 공상 같은 야릇한 생각이 엉뚱한 망상으로 변했다. 혹여 저 녀석은 본래 인간이었는데 고양이로 환생한 것은 아닐까? 아니라면 고양이였지만 인간으로 환생하지 못하여 저러는 걸까. 그도 저도 아니면 전생前生에는 뭘 했던 놈이었을까? 알 수가 없었다. 하루 이틀이 지나감에 따라 녀석의 짓거리가 선명하게 다가왔다. 녀석의 행동에 관심이 생기기 시작하면서 이상해지는 변화에 놀라기도 했다. 나도 모르는 사이에 녀석과의 거리가 가까워져 가고 있다는 느낌 때문이었다.

  나는 유년 시절부터 덜렁대는 스타일은 아니었다. 한 가지 정도는 저 녀석과 비슷한 면이 있기는 했다. 사람을 싫어하지 않는다는 것이었다. 하나 더 있다면 언제나 상대를 언짢게 하는 말과 행동은 함부로 내뱉지 않았다. 또다시 헛웃음이 나왔다. 고양이가 어떻게 말을 한단 말인가? 어쨌거나 나는 어떤 상대와 마주하더라도 항상 존칭어를 써왔다. 나이가 많든 적든 그래왔다. 나의 이런 행위는 결코 옳은 행위가 아니었음을 후일에야 알았다. 10년이 넘어서야 가까워진 사람이 쏟아내는 핀잔을 듣고서였다. 너무나 겸손을 떨어서 나에겐 쉽게 접근하기가 어려웠다는 소회였다. 과공비례過恭非禮는 알고 있었지만, 그렇게까지는 아니라 여겨왔었다. 어찌 보면 나는, 옳은 도덕마저 잘못 판단해 내고 있었는지 모른다.

10

 길고양이라며 밖으로 내치려고만 했던 녀석이었는데, 함께 지내는 시간이 연결되면서 많은 생각에 잠기게 되었다. 전혀 예측해 보지 않았던 일들이 가게의 일상과 겹치면서 야릇한 현상이 도래되었다. 가장 먼저 나타난 나의 심경 변화는 애완동물을 바라보는 시선과 품고 있었던 인식이었다. 애완동물의 치장에 거칠게 반발했던 현상이 누그러지기 시작했다. 편향되어 있었던 생각이 오나비와 공간을 공유해가며 밀착된 시간이 많아지면서 나타난 현상 같았다. 그러니까 공고히 믿었던 믿음이 틀렸음을 자각해 나가고 있다는 뜻이었다. 장사치로만 살아온 35년의 세월 동안 최근 들어 가장 많은 변화를 느끼는 나날이었다. 인생살이가 연극 같다는 생각에 빠져들기도 했고, 아니라면서 그 제단에 삶을 바친다면, 연극이 아닌 실재를 보는 것은 아닐까,

라는 생각도 들었다. 이 역시 나이 먹음의 산물이리라 여기면서도 오나비 녀석을 바라보면 이상하리만치 여러 생각이 들썩였다.

　오나비의 행동은 빠르게 사람과의 친화적 관계를 형성해 냈다. 친화란 자연적 현상이 아닌 모태 안에서 생성되어온 천성의 진화는 아닐는지, 그렇지 않고서야 태어난 지 반년이 안 된 녀석의 행동이 만들어 내는 아우라를 어떻게 이해한다는 말인가. 오나비 녀석의 일관된 행동이 변함없이 이어져 나간다면, 가게에서 함께 지내도 무방하지 않을까, 라는 생각이 스치자 머쓱해졌다. 이런 행위가 늙음의 징표라는 생각으로 휩싸이면서 이젠 분별력마저 상실한 것 같은 느낌이 들었다. 두 녀석과 경리와 고양이를 싸잡아 잔생이짓이라며 질타했던 게 불과 서너 달 아니었던가? 그렇지만 녀석은 동물이었다. 뒷골목 후예인 길고양이 녀석이었다. 행동 하나하나마다 이기심에 가득 차 보였지만, 어찌 보면 그런 방편이란 자신이 살아가야 하는 입지를 여실히 드러내는 것만 같았다. 하기야 내가 녀석이라도 어느 정도 성장을 하려면 나름의 방편은 필요했으리라 여겨졌다. 그렇지만 녀석의 생활 방식은 가늠해 내기는 어려웠다.

　오나비의 행동은 항상 예측 불허였고 중구난방이었

다. 어찌 된 놈인지 아드레날린 수치가 올라올 때마다, 2층 복층에 쌓아 놓은 자재 박스 틈새로 머리부터 처박았다. 박스의 틈과 틈으로 파고드는 이상한 행동의 연속이었다. 비좁은 곳에서 몸뚱이를 얼마나 뒤틀었는지 새카만 털에는 오래된 먼지들이 덕지덕지 붙어 있었다. 불결한 먼지를 갑옷처럼 뒤집어쓰고서 당당하게 손님 앞으로 나타나 돈키호테 같은 흉내를 냈다. 도저히 이해 불가의 난해한 행동이었다. 고양이라면 좋아하지 않을 것만 같은, 케케묵은 먼지로 치장해 놓고 하는 짓이 수수께끼만 같았다. 녀석의 너절한 행동 뒤에는 반드시 응징이 따라붙었다. 응징은 목욕이었다. 아무 손님에게나 추레하게 들이대는 행동으로 동철이는 목욕 담당을 자처했는데, 점점 힘에 겨워했다. 덩치에 따라 기력이 더하여 발악 또한 만만치 않았기 때문이다. 새카만 독일제 비로드 못지않게 윤기가 흐르는 털을 지저분한 먼지로 감아 놓아 손님을 불쾌하게 할까 봐 시키는 목욕이었다.

냉동 전기 자재 도소매업 매장에 길고양이란 열십자 방향으로 더듬어 봐도 어울리지 않는 조합이었다. 이상한 조합을 만들어 낸 계기를 따지기 전에 함께 생활하는 현실만이 현실이었다. 잉여 시간이 엮이면서 오나비의 습성은 점점 더 눈에 띄게 드러나기 시작했다. 물론 전체 고양이를 아우른다는 뜻은 아니었다. 녀석 행동 하나하나를 살펴본 결론이었다. 오나비가 가장 싫어하는 행위는 샤워기로 전신을 뿌리는 물이었다. 체구가 작았을 때야 꿀밤 한두 번이면 제압이 되었는데 성장기에 접어든 반항이 만만치 않았다.

목욕만 시키려 하면 한바탕 법석을 떨어야만 했다. 이빨을 드러내놓고 발톱을 세워가며 동철이 손등에 상처를 냈다. 반항이 너무나 심하면 재철이 녀석이 합세했다. 혈기가 왕성하다는 쌍철이가 합세했으나 호락호락하지 않았다. 강제 목욕을 시킬 때마다 만만치 않은 반항에 곤욕을 치르면서 궁여지책의 자구책을 창안해 냈다. 강압적 다스림에 적절한 제압용 물품으로 생각해 낸 것은 슬리퍼였다. 슬리퍼는 딱딱하지 않았고 넓적하여 상처가 나지 않았다. 거칠게 반항하면 슬리퍼로 늘씬하도록 두들겨 패놓았다. 아가리와 발톱을 제압해 가며 끝내는 목욕은 설렁설렁한 일이 아니었다. 강제 목욕의 뒤치다꺼리 역시 한참이 걸렸다. 봄바람에 스쳐간 경리의 잔영이라기보다는 이미 일상화되어버린 현실이었다. 경리 말마따나 혹여 감기라도 걸릴까 봐 헤어드라이어와 마른 수건 하나가 필요했다. 녀석을 목욕시켜 놓고 뒤치다꺼리 때면 아이를 돌보는 유모 생각이 떠올랐다. 타당성이 있는 생각이었다.

녀석은 이제야 생후 5개월에 접어들었다. 사람과 달라 성장의 차이는 있겠지만, 분명한 것은 아직까진 어린 녀석이었다. 어린 녀석의 마구잡이식 행동을 보면서 염치가 없다고 여긴 내가 염치를 모르는 우매한 족속으로 여겨지기까지 했다. 이제 5개월이 된 녀석을 내 생각과 일치시키려 했기 때문이었다. 생각의 폭이 넓어지면서 녀석과의 일상이 가게의 한 줄기가 되어갔다.

35년의 전통을 지닌 자재상에서 이따위 희한한 현상이 참으로 아이러니했다. 짧은 경력의 경리가 남겨 놓은 유산이라기보다는, 건져낼 수 없는 어떤 부유물처럼 느껴질 때가 더 많았다. 하지만 녀석과의 일상이 반복될수록 이질감보다는 묘한 친근감이 우러나는 것만큼은 부정할 수 없었다. 변화란 여러 가지 색깔이 함축되어 있었다. 색깔이란 사람이 가진 마음과 같을 것이라 여겼다. 계절이 바뀔 때마다 사람의 마음이 바뀌듯이 말이다.

녀석과는 겨울 꼬랑지가 붙어 있는 이른 봄에 만났다. 싫어서 만났든지 좋아서 만났든지 만남은 함께 걸어가는 행보를 엮어냈다. 그 길목에는 영업하는 자재상이 맞물려 있었다. 정물화가 아니라 살아서 움직이는 생명체였기에, 녀석의 행동 여하에 따라 생기는 감정이 여러 행태로 바뀌었다. 어느 땐 미운 오리 새끼 같았는데, 녀석의 꼬리 흔들림에는 강아지로 여겨지다가, 예쁜 고양이로 순화醇化된 가족 같은 느낌이 들 때도 있었다. 까칠한 성격을 잡을 수 있는 손오공의 금고아를 머리에 씌운다면 좋을 텐데, 라는 환상에 빠질 때면 결론 없는 실웃음이 삐져나왔다. 평생 고양이를 좋아하지 않았던 나의 가슴에 아집만 남지 않았다는 것이 무슨 허물 같은 느낌이 들어서였다. 오나비의 별스러운 행각에 간간이 골목 고양이들과 비교해보는 습성이 생겨났다. 출퇴근 길목에서 마주치는 고양이들을 유심히 살펴보느라 발걸음을 멈추곤 했다. 길고양이는 개체 수가 많았으나 외양이 각양각색이었다. 검둥이와 하얀 녀석, 줄무늬에 연갈색, 갈색에 흰색, 검정과 하양, 황금색 같은 똥색이 있었다. 사람들은 똥을 보면 회피했지만, 똥색 고양이에게는 거의 거부 반응을 안 한다는 사실에 머리가 갸우뚱거려졌다. 오나비 녀석과 길고양이들을 비교해본 결과는 분명했다. 사람이나 동물이나 면상에 각인된 물체 중에서 눈이 차지하는 비중이 크다고 했는데, 오나비는 눈동자부터가 달랐다. 동그란 눈동자의 홍채가 유난히 푸르러서 흡입력이 독창적이었다.

 냉동 자재상의 절정기는 5월부터 8월 중순까지였

다. 7~8월의 살인 더위와 마주하면 염분에 절어 들어도, 작업자는 가장 바쁜 시기를 맞이했다. 현장마다 넘쳐나는 일 처리로 아침저녁이 없었고 자재상은 자재 보충으로 하루 해가 짧았다. 냉난방 작업 종사자마다 일손 부족 아우성이 자재상 매출을 올려주는 함성이 되어주었다. 나 홀로 작업자의 하루 일당이 백만 원이 넘었다며 무더위가 끝나지 않기를 바랐다. 그러나 자연의 무궁한 변화 앞에서 인간은 나약한 존재일 뿐이었다. 변화무쌍한 자연이 인간을 변화시켰는지 아니면, 인간이 저질러놓은 재앙 때문이었는지 나는 모른다. 자연 현상은 과학자들 몫이라 여겨왔기 때문이다. 나는 추위보다는 더위를 더 좋아한다. 겨울 날씨는 움직임이 부자연스럽고, 더워야지만 가게 매상이 올라서 그렇다.

  그럼에도 한여름의 호시절이 마냥 좋은 것만은 아니었다. 뙤약볕 날씨의 현장 작업을 경험해 본 젊은 인력은 점점 축소되었다. 반면에 시원함만을 추구하는 사람들은 점점 증가했다. 물론 강추위나 무더위는 우리 일상에 많은 제약을 동반한다. 그러나 이 또한 자연 현상의 부분이었다. 최근 들어 우리나라의 기온상승이 심상치 않다고 한다. 기상청과 매스컴은 연일 일사병 주의보를 떠벌렸다. 뙤약볕에 한두 시간만 노출되면 피부 화상을 들먹이며 자극적인 말을 거침없이 쏟아냈다.

이 또한 근로 현장을 피폐하게 만들어 내는 요인이었다. 7년 가뭄에 섭씨 40도가 넘는 아프리카 어느 지역에서도 사람들은 살아간다. 나는 섭씨 45도를 오르내리는 불모 사막에서의 현장 작업을 경험했었다. 물론 그에 따른 고통은 당연했으나 피부 화상 같은 건 염두에 두지 않았다. 대비책이 철저했기 때문이었다. 그러니까 우리나라의 무더위란 일상과 마주치는 한 부분이라 여겼으면 해서였다.

무더위가 시작되면 그만큼 에어컨 사용이 증가했다. 서울이라는 거대 도시에 더위가 밀려들면, 자동차부터 건물들과 가정집까지 모두 에어컨을 가동하여 바깥 온도는 더욱 높아졌다. 모든 냉난방기 원리는 기화열에 의해 변환한다. 건물 실내 온도를 낮추기 위해서 밖으로 뜨거운 열을 배출시키는 것이다. 이를 열섬현상이라 했다. 인간은 시원함을 추구하기 위해 더위를 함께 생산해 내고 있었다. 나는 과학적 데이터 산출은 못 한다. 마이너스 1도를 만들어 내기 위해 플러스 몇 도를 더 해야 하는지 전혀 몰라서다. 하지만 한 가지 명백한 사실은 알고 있었다. 인간이 추구하는 욕망에는 항상 가혹한 대가 없이는 이루어지지 않는다는 것을 말이다.

냉동 자재 판매는 더위를 호황기로 여겼지만 매해 장마철과 마주했다. 농민들은 장마를 천혜의 선물로 여겼으나 도시민들은 달갑게 여기지 않았다. 적절한 장마비가 내려야 도시나 농촌이나 삶을 영위할 수가 있는데 대도시 사람들은 그저 불편하게만 여겼다. 이 또한 이기심의 발로였다. 나 역시 장마를 싫어한다. 장마철이면 가게 매상이 들쭉날쭉했고 자재 입출고에 많은 애로가 뒤따랐다. 자재자영업은 하늘의 순리마저 외면하는 우매한 족속이라 여기겠지만 장사꾼의 본질이었다. 매년 장마가 걷히면 가마솥더위가 시작됐다. 냉동 자재 판매의 비중은 거의 에어컨이 소모해 주었다. 장마가 끝나고 본격적인 열대야가 시작되어야 냉동 자재 판매에 도움을 주는 걸로 여겼지만, 반드시 그렇지 않았다. 외형적 현상일 뿐이었다. 살인 더위와 열대야가 시작됨과 동시에 에어컨 자재 판매는 급속히 하향 곡선을 나타냈다. 지식정보 사회의 단면이 만들어 놓은 현상이었다. 기온이 30도가 웃돌기 시작하면 날씨만큼이나 매스컴들의 호들갑이 따라붙었다. 냉동 자재상 입장에 선 앙앙불락이었다. '열대야는 길어야 20여 일 정도됩니다'라는 예보가 냉동 자재 판매의 호기를 꺾어 놓았다. 현시대는 지식 정보 사회였다 스마트폰이 백과사전보다 월등한 지식의 정보를 갖추고 있기 때문이다. 현대인은 자연 공식을 너무 잘 알고 있었다. 처서만 지나면 더위는 사라진다는 사실을 경험하여, 냉동 자재 판매는 급속도로 하향 곡선을 나타냈다. 해마다 반복되는 지표였다. 매년 비슷한 현황을 경험하여 냉동 자재 판매는 장마철까지가 1년 장사의 전환점을 만들어 놓았다. 금년 장마는 다른 해에 비해 올 듯 말 듯 했다. 기상청은 기후 변화에 의한 늦장마라고 했다. 매스컴 매체는 연일 지구 온난화를 쑤석거렸다. 50여 년의 기상 데이터를 추출하여 더위나 추위, 태풍, 폭우, 늦장마를 결부시켰다. 그레타 툰베리와 녹색혁명, 오존층 파괴 등, 수많은 수식어를 쏟아냈다. 지구 온난화 주범이라는 물체 중에는 화석 연료와 냉매 종류가 포함되어 있었다. 구형 냉장고와 2000년도까지 보급해온 에어컨이었다.

　세계기후 변화나 과학에 문외한인 냉동 자재상에, 오존층 파괴에서 파생된 이물질이 짭짤한 수입원이 되어주었다. 냉난방기의 신냉매였다. 오존층 파괴 주범이라는 R12(원투) R22(투투) 대체품이 쏟아져 나왔다. 신냉매는 용기(容器)도 가벼웠다. 초창기 R12 용기는 100킬로가 넘었고(추후 20킬로로 개량) R22 냉매는 20킬로 이상이었는데, 신냉매는 10킬로의 용기로 생산이 되었다. 냉매 용기가 축소된 것은 고무적이었다. 지난날 23,6킬로 냉매를 지하 창고에 저장하다가 팔에 엘보가 발생하여 한방 치료를 받기도 했다.

신냉매는 이름이 고유 번호로 생산이 되었다. 134, 310, 410, 404, 407 등이었다. 신냉매 중에서 410이 가장 많이 유통되었다. 일본과 우리나라 에어컨 기능이 달라서 생겨난 현상이었다. 소모성이 많았던 410 냉매는 장마가 끝나야 납품이 많았다. 또한 100% 중국 수입에 의존하여 가격 등락의 폭이 심했다. 가격 등락 기류를 잘 활용하면 이익 창출에 상당한 도움을 주었다. 대기업을 등에 업은 두 업체의 난타전 동파이프 판매 손실 금액을 410 냉매로 보충하기까지 했다. 늦장마를 코앞에 둔 냉동 자재 마지막 판매가 쟁점에 다다랐다. 무더위와 함께 오르내리는 장맛비의 습도들이 거들었다. 이 시기면 에어컨 기사는 몸뚱이를 둘로 쪼개고 싶다고 했다. 무더위 전기 선로에는 여러 변수가 나타나기 때문이었다.

11

 매장을 방문하는 손님이 많으면 빈 박스 역시 그만큼 쏟아져 나왔다. 빈 박스가 수북이 쌓이면 폐지 수거 종사자들의 각축이 시작됐다. 여태껏 자신이 빈 박스 처리를 해왔다며 기득권을 주장했고, 주차장 한편에 쌓아달라며 음료수를 내밀었다. 저변의 치열한 삶과 마주할 때면 가슴이 아려왔다. 빈 박스들이 많이 쌓이기를 바라는 종자가 하나 더 있었다. 오나비 녀석이었다. 녀석은 버려지는 빈 박스를 자신의 놀이 공간이라 여겼다. 입구가 좁거나 입 벌린 새카만 비닐봉지만 눈에 띄면 저돌적으로 머리통부터 처박았다. 녀석의 기이한 행동이 원초적 본능인지는 알 수 없었다. 항상 녀석의 행동에는 극과 극이 공존했다. 폭 50센티에 길이 2미터의 고 발포 빈 박스가 버려지면 녀석이 자취를 감추었다. 빈 박스를 처리해 가는 사람들이 가장 좋아하는 박스는 2미터 고 발포 박스였다. 단단하면서 다른 박스보다 무게가 훨씬 더 나가기 때문이었다.

폐지 수거 종사자들은 경쟁이나 하듯이 2미터 고 발포 박스를 반겼다. 고 발포 박스를 처리하려던 사람은 한 번쯤 난감함을 겪어야 했다. 2미터 박스 안에서 생각지도 못했던 새카만 물체가 튀어나오면 뒤로 나자빠지면서 기겁했다. 오나비 녀석이 가장 즐기는 짓이 바로 이와 같은 행동이었다. 기겁하는 폐지 수거자 앞에서 꼬리를 흔들거리면서 야~아~옹 해가며 거드름을 피웠다. 상대방이 놀라서 나자빠지면, 콧수염을 추켜세워 가며 즐거워하는 표정에 고개가 저절로 갸우뚱거려졌다. 이따위는 미리 연출해놓지 않았나 하는 생각이 들게 했다. 언제나 예상을 뛰어넘는 녀석의 기행이 소문이 되어 나돌았다. 냉동 전기 자재상에 이상한 고양이가 있다는 소문이었다. '낯선 사람 앞에서 강아지보다 꼬리를 잘 흔든다. 무지 예쁘다. 사람을 가리지 않고 좋아한다. 아무나 잘 따른다. 기분이 좋아지면 손가락을 깨물어 준다.'라는 말이 나돌았다. 소문은 단골 거래처 방문자들의 입을 타고 전파되었다. 꼬리 없는 소문이 차도를 넘어 높다란 학교 담벼락에 올라탔다. 차도 건너편에 있는 초등학교 꼬맹이들이 고양이 견학을 시작했다. 한두 명씩 찾아오던 녀석들이 서너 명씩 달고 나타났다. 어느 땐 오전 오후를 가리지 않고 찾아오는 방문객이 여간 귀찮았다. 어린 학생들이 매장 안을 휘젓고 다녔다. 심지어 고양이 먹이를 사 들고 오는 녀석이 있었다. 오나비는 꼬맹이들을 반겨 가며 자신의 주특기를 유감없이 발휘했다. 일상이 되어가는 행위를 방관만 할 수는 없었다. 어느 땐 오나비가 뱉어 놓은 싸구려 소시지가 진열장 주위에 나뒹굴었다. 이곳은 손님을 상대로 거래하는 영업장이었다. 초등학생 꼬맹이들의 재방문을 차단시켜 나갔다.

 오나비의 돌출 행동이 가게 입지에 득이 되는지는 모르겠지만 녀석의 거리낌 없는 짓거리는 다른 고양이와 확연히 달랐다. 진화론은 유전변이의 차별선택이라 말하는 학자가 있었다. 진화의 기제가 작동하는 것은 변이가 필수라 했다. 오나비를 길고양이 유전자 변이종이라 여길지라도 행동거지가 너무나 달랐다. 길고양이 후예라면 불가능할 것 같은 행동을 거리낌 없이 자행해서였다. 물론 가게 안에서라지만 낯선 사람을 종종 걸음으로 따라다니는 행동이 그렇고, 슬그머니 다가와 바지 밑단을 물다가 나자빠지는 행동 역시 그랬다. 고양이 두 마리와 강아지 두 마리를 자식처럼 키운다는 손님을 상대로 오나비의 행위를 자문해 봤다. 그는 손사래를 치면서 집고양이 새끼도 그런 짓은 안 한다고 했다.

  사람이나 동물이나 불안정한 환경에서 안정된 터를 잡는다는 것은 쉬운 일이 아니었다. 나 역시 그랬지만 오나비 역시 마찬가지였을 것이다. 나는 안정을 위해 발악을 해왔다지만 녀석의 행동은 발악하곤 달랐다. 행동 하나하나마다 태평세월 놀이로 여겨졌다. 사람과 고양이의 다른 행보라 여겼는데 최근에 드러내는 행동은 이상했다. 퇴근 시간이 가까워지면 2층 다락에 숨어 있거나 눈에 띄지 않는 곳으로만 파고들었다. 퇴근 때면 가끔 드러나는 현상이었다. 밤이 되면 화장실에 감금되는 상황을 피하려는 행위였는지는 전혀 몰랐었다.

  방황했었던 젊은 날 타자로 인해 14개월 동안 협소한 섬 생활을 해낸 적이 있었다. 세속의 삶은 언제나 그랬다. 막다른 골목으로 내몰리면 바늘구멍 같은 가능성은 항상 눈앞에서만 아른거렸다. 그 가능성에 이끌려 경남 진해만 끝자락인 구산면 땅을 밟아야 했다. 우여곡절을 겪어가며 노예 아닌 노예가 되었다. 나 홀로 장구섬 생활은 역경이 남겨 놓은 고독이었다. 애잔한 파도 위에 시름을 띄워 놓고 기약 없는 시간을 견뎌냈다. 천신만고 끝에 철거민촌 집을 바라보며 뱉어낸 뇌까림이 있었다. '이렇게 마음이 편한 것을.' 그랬다. 내가 살아가야 할 안식처만큼 더 좋은 곳은 없었다. 지난 과거를 떠올린 것은 오나비의 처지가 이와 비슷할 거라는 생각 때문이었다.

 정착이든 전세살이든 살아감에 불편함이 없다는 것은 생명체들이 추구해온 가치성인 것이다. 사람이나 짐승이나 불편 없는 삶이란 가장 바라는 이상이라 해도 과언이 아니었다. 불편 없는 삶을 얼핏 자유라 여기면 방종이라는 분비물이 따라붙었다. 그래서 절제해가며 일궈낸 삶이 불편 없는 삶이라 여긴다. 절제는 사람만이 해낼 수 있는 행위였다. 나는 얼마 전까지 오나비의 분별없는 행동을 사람의 지각에 맞추어 판단해왔었다. 멍청한 생각이었지만 앉을 자리와 누울 자리를 구분해 주었으면 했다. 돌이켜 보면 바로 꼰대의 전형이 나인 것만 같았다. 그만큼 분별하는 역량이 미달인 무지의 극치라 한들 과한 말이 아닐 거라 여겼다.

 역겹다고 여긴 행동과 마주하면 배알이 뒤틀려서 빨리 내치고만 싶었는데, 최근에는 녀석의 행동을 유심히 바라보는 습관이 생겨났다. 어느 땐 오나비의 행동이 나의 분별력이 글렀음을 일깨워 주는 것만 같았다. 그렇다 하더라도 녀석과 계속 생활해 나간다는 생각은 아니었다. 이별 아닌 이별이 멀지는 않을 것이라 여겼다. 의사소통을 할 수 없는 놈이라서 심사는 알 수 없었으나, 가게 오픈과 동시에 마주치는 행동에는 나름의 계산이 있어 보였다. 가게 출입문은 오픈과 동시에 출입이 가능하여 자신이 원한다면 언제든지 밖으로 나갈 수 있었지만, 바깥은 철저히 외면했다. 안면몰수를 해 버린다면 까짓것 결코 할 수 없는 일은 아니었다. 늦은 밤에 녀석을 안고 멀리 떨어진 골목이나, 북한산 자락에다 내던져 버릴 수 있었다. 그러나 그럴 순 없었다. 지난 과정이야 어찌 됐든 함께 생활해온 5개월 동안의 애증이 중첩되어 있었다. 두 녀석이 주창해온 생명 존중이라는 자극적인 말보다는 오나비의 존재가 야금야금 다가와 있어서였다.

현실이야 어찌 됐든 녀석이 스스로 나가 주기를 바랐으나 강제로 내치기가 어려웠다. 녀석은 화장실 생활을 해왔었지만 별다른 의미는 드러내지 않았다. 말 못하는 동물이지만 열두 시간 동안 화장실 감금만큼은 혼란스러울 것 같았다. 혼돈이라는 자연을 인간으로 개조하려다 그만 혼돈이 죽어 버렸다는 장자의 우화를 떠올려 보기도 했다. 어쩌면 이런 혼돈이 우리 곁에 엉겨 있어서 인간이나 동물이나 살아가야 하는 원초적인 리듬을 안고 있는지도 모른다. 세상이란 살아가는 방법이 제각각인 다양한 종들이 존속해있는 것이다. 모든 것을 종합적으로 판단해 보았을 때, 고양이와의 동거는 지속될 수 없다는 사실만큼은 자명했다. 맑았던 하늘에서 갑자기 소나비가 쏟아져 내리듯 녀석과의 작별 또한 그럴 거라 여겼다.

깨달음이란 사소한 일상에서 만들어진다는 실상을 절감했다. 지금껏 살아온 일상과 전혀 다른 실상을 마주하여 꿈틀거리는 심리인 것만 같았다. 심리 변화란 그만큼 삶의 폭이 넓어지는 것이리라 여겼다. 나의 변화가 어떤 종착지에 닿을 줄은 예단豫斷하진 못한다. 한 가지 분명한 사실은 있었다. 그것은 한 가지 외엔 거의 고려하지 않았던 인지능력이었다. 현실의 사리 판단을 못 해서라는 뜻은 아니었다. 반평생을 장사 외엔 무지렁이로 살아온 나 자신을 발견해서였다. 지나온 나날을 후회하는 것과는 별개라 여긴다. 장사 잇속에만 젖어 있는 사고들이 변화해나가는 전환점은 성숙이라고 하여도 틀리지 않았다. 사고思考가 깊어질수록 지나온 나날들이 현실과 겹쳤다. 어찌 됐든 상상할 수 없는 일과 시간을 안고 살아왔어도 그 시절엔 순수한 열정이 살아 있었다.

스무 평 넘는 가게로 비약했을 당시였다. 나에게 냉동 기술을 배우겠다며 찾아오는 사람이 종종 있었다. 그들은 대부분 전파사를 운영해 나가는 전자 기능인이었는데, 냉동 원리엔 문외한이었다. 나는 그들에게 냉동 기술을 전수해주었고 그들은 답례를 해왔다. 돼지 뼈와 감자가 들어 있는 감자탕이었다. 자신의 일과를 끝내놓고 저녁 식사 후부터 냉장고와 에어컨 수리의 원리를 논해가며, 감자탕에 소주를 마셨다. 술잔을 주고받으면서 서로 나누는 토론은 새벽 1시로 이어질 때가 많았다. 각자는 열심히 살아왔다. 주위에 이런 사람과 함께하여 가게는 점점 번창해 나갔다. 떨어져 버린 꽃잎 같은 지난 시간이었을망정 아름다운 추억이었다. 나는 그렇게 살아오며 일하는 즐거움과 술 마시는 행복감을 만끽했다. 일이란 그런 거였다. 어렵다고 여겨서 회피하면 시간 시간이 무겁다. 즐겁다고 여기면 노동이 아닌 행복한 일상이었다. 나는 지금껏 송충이 하류 인생을 나의 분신이라 여겼다. 너무 지나친 겸손일지는 모르겠지만, 일과 시간을 소중히 여기는 나의 소신이었을 것이다.

자신을 되짚어 보면서 지나온 발자취를 더듬어 보는 나와 달리, 오나비의 행동에는 어떤 변화가 없는 것처럼 여겨졌다. 녀석은 현실 속에 안주하고 있는지 무사태평이었다. 녀석과의 동거가 다섯 달을 지나고 있었다. 성장은 멈추지 않았고 하루가 다르게 성숙해지는 느낌이었다. 성숙해짐과 함께 달라져 가는 행동이 서서히 나타나기 시작했다. 한가한 낮 무렵이면 가끔 바깥을 바라보는 행위가 눈에 띄었다. 길고양이들이 지나치면 본능처럼 어떤 동요를 일으키는 몸동작이 감지되었다. 녀석의 동요는 몸속 깊은 곳에 저장되어있는 향수鄕愁병 같을 거라 여겨졌다.

나는 옛 선현의 혜안에 감복을 잘하는 편이었다. 가장 경이롭다고 여긴 것은 바닷물 때와 절기였다. 들물과 날 물, 계절 변화를 어떤 근거에서 그리 절묘하게 엮어냈는지 감탄사가 절로 나왔다. 바닷물의 움직임을 사리와 백중사리로 정확하게 예측한 것에 놀랐고, 처서處暑라는 절기 역시 그랬다. 어젯밤의 열대야도 처서만 지나면 완연히 달라졌다. 가을 초입의 처서가 지나자 여름 더위가 꼬리를 잘라내기 시작했다. 햇살이 짧아져 가는 날짜는 자석에 이끌리듯 추석 앞으로 성큼성큼 다가갔다. 매년 추석이 가까워지면 잡다한 생각이 머릿속을 채웠다.

금년 자재 판매 금액을 예년과 비교해보면서 추석 후부터는 어떤 자재가 효자 노릇을 할 것인가를 가늠해 본다. 추석 명절을 앞두면 항상 명상 속으로 빠져들곤 했다. 세상살이의 온갖 시름보다는 고향 생각과 해결해야 할 일정이 있어서였다.

거래처마다 명절 선물 돌리기는 하나의 과정으로 고

착되어 있었다. 규모가 크든 작든 자재상에게 추석은 양면성을 안겨 왔다. 매년 두 번씩 맞이하는 명절 때마다 선물 답례는 일상화된 관습으로 굳어져 있었다. 지금은 관습이 되어버렸지만, 한때는 미풍양속이라 했다. 1년 동안 꾸준히 자재를 팔아준 것에 대한 감사의 보답이라 여겼다. 장사란 좋게 여기면 좋은 점이 많았다. 어느 나라나 대동소이하겠지만 자재 유통경로는 복잡했다. 전선부터 콘센트. 동파이프 등 규격도 달랐지만, 부자재를 더하면 어떤 현장이든 100% 구색을 갖추지 못했다. 복잡한 구조 때문에 냉동 전기자재상이 살아갈 수 있었다. 그러니까 자재상이란 중간 매개체 역할을 해내고 있었다. 제조업체의 각기 다른 자재를 집결해놓은 장소라 할 수 있다는 뜻이었다. 다만 자유 경쟁 시대라 하여 자재상이 넘쳐남이 제 살을 깎아 먹는 행위를 자초했다.

12

 추석 명절 선물이 파편화된 현시대와 맞물려 뒤틀렸다. 거래처 등급에 따라 선물 격차가 드러나기 시작했다. 명절의 미풍양속이라 여겨왔었는데 먹이사슬로 돌변하여 상도商道의 마저 헌신짝 취급을 받았다. 최상급 거래처마다 경쟁자 침탈에 대비하여 수성守成을 야무지게 해 놓아야 했다. 나이가 많은 사람은 지난날 경험을 들먹였다. 나 역시 그런 부류에 속해 꼰대 소릴 들었다. 가난에 허덕이던 지난 세월이 그립다기보다는 물질이 넘쳐나는 현시대의 세태世態 때문이었다. 물론 암울했던 시대상은 부정하지 않는다. 명절이라 하여 별반 다르지 않았지만 오밀조밀했던 골목의 예절 질서는 살아 있었다. 이웃 어른에게 인사를 하지 않으면 골목 선배의 손찌검과 충고를 겸허히 받아들였다. 이웃을 존중할 줄 알았고, 동병상련의 아픔을 공유해왔다. 서로 어울리며 살아왔었는데, 물질이 넘쳐나자 아파트 평수를 따졌고, 이웃과 단절하는 세태로 변했다. 세상은 어째서 가난을 벗어나려고 발버둥 치다가 가난을 벗겨 내면 모질게 변해 버리는지 미스터리만 같았다. 지구촌에서 가장 행복 지수가 높다는 부탄이라는 나라가 있다. 부탄의 행복 지수에는 물질에 앞서 청빈 때문이라 여긴다.

어느 땐 지난 세월이 선명하기만 했다. 가난했을지언정 그 시절이 인간다운 삶의 질서가 있었던 시기라 그랬다. 50여 년 전 '바람으로 머리 빗고 빗물로 목욕했다던' 그 시절의 인생살이를 체험했다. 자재상을 차려 놓고 거래처와 협력 관계를 유지해가며, 거래처가 늘어나 기반을 잡을 때까지 명절 선물은 감사의 답례 정도로 여겼다. 큰 거래처나 작은 거래처 구분이 없었다. 외려 번성했던 사장님은, 나보다 어려운 사람을 챙기라며 덕담을 해왔다. 이해가 담긴 덕담은 사회를 지탱해 나가는 촉매제로 만들어 나갔다. 돈이 좀 많다고 하여 찍어 내리지 않았고, 부족하다 하여 소외감을 품지 않았다. 서로 격려했던 일상이 국가 경제와 사회 발전의 버팀목이 되어주었다. 이제야 돌이켜 보면 개발도상국의 장점이었다.

장점이 퇴색되기 시작한 것은, 물질 만능 세상을 만

들어 놓을 때부터였다. 서로 합심해가며 보릿고개를 넘어온 결과물이 이기심만 배양시킬 줄은 누구도 예상하지 못했다. 급속도로 변해가는 세속은 마태효과만 도드라지기 시작했다. 큰 업체는 계속 번성했고, 영세 업체는 영세성을 벗어나지 못했다. 밀집 인구로 비좁은 서울이라는 땅덩어리가 만들어 내는 필연적인 연속성 때문이었을 것이다. 자본주의는 대중요법과 젠트리피케이션이라는 모순덩어리만 골라 먹고 왕성해지는 바이러스만 같았다. 물질 만능 시대의 생존 경쟁은 사람이 갖춰야 할 존엄성마저 피폐하게만 만들어 놓았다.

거래처 명절 선물이 자재상의 한 건 주의로 타락해 나가기 시작했다. 신용이 좋은 1종 업체나 큰 매장 대표를 겨냥하여 경쟁 업체 선물 공세는 새로운 시대상을 만들어 냈다. 신풍조는 점점 메마른 사회상을 앞당겼다. 명절이 사욕을 채우는 기회의 장으로 변절됐다. 최상품 선물 세트를 넘어 산삼山蔘까지 등장했다. 수법이 점점 지능화되어 갔다. 신용 좋고 규모 있는 거래처마다 사장 친구는 물론 친인척의 연결고리로 이어지면서 파격적 조건이 난무했다.

한정된 시장에 우후죽순 생겨난 자재상들의 경쟁은 각축장으로 변했고, 영세 자재자영업의 실정은 나날이 처절했다. 명절 선물이 점점 축소되어 선명한 차별감을 외피로 안았다. 많고 적음의 차이만 비정하게 따라붙었다. 바야흐로 자재상 세속에도 21세기 부익부 빈익빈 시대가 도래되었다. 굳이 지난날을 소환하려는 뜻보다는 늘그막 현실이 너무나 차가웠다. 신세대는 꼰대라 하지만, 꼰대 시대는 일상의 소중한 가치를 몸뚱이로 안았었다. 몸이 고달프면 옆 사람과의 동병상련을 함께해왔는데, 풍족한 환경이 개인주의만 생성되는 것 같아 씁쓰름했다.

찜찜했던 추석 선물 돌리기에 몰입한 일주일이 지나갔다. 가게는 추석 연휴를 준비했다. 불과 몇 년 전까지는 자재자영업의 추석 연휴는 길어야 3일이었다. 자재자영업은 급진적 세속과 맞물려 있어서 그랬다. 자영업과 달리 공무원, 직장인의 명절 연휴는 늘어나는 추세로 변해나갔다. 타자의 여유 있는 생활패턴이 자재상 경쟁 심리에 한몫을 거들어 놓았다. 넉넉해진 휴일을 이용하여 주거 공간을 리모델링하는 곳이 많았다. 알뜰한 현실이 자재상 명절 휴일을 축소 시키는 요인을 만들어 냈다. 다른 가게보다 빨리 문을 열어야 하나라도 더 팔 수 있다는 인식 때문이었다. 어떤 형태든 장사 심리란 결핍 덩어리가 잔존 해 있었다. 장사치로 살아온 대다수는, 관뚜껑이 닫혀도 내려놓지 못하는 것 하나가 있었다. 경쟁 심리였다.

남도 지방이 고향인 나는 명절 때면 오가는 길바닥에다 이틀씩을 쏟아부었다. 명절이 아닌 달리기 시합만 같았다. 달리기만 같았던 숨 가쁨이 시대변천에 따라 허물어져 나갔다. 자재 자영업들도 명절 휴일만큼은 지키자는 암묵적 합의를 했다. 구인난에 시달려 몇 년 사이에 많은 변화가 생겼다. 자재상의 이번 추석 연휴는 5일로 늘어났다. 두 녀석과 나는 넉넉한 연휴를 반겼다. 우리에게는 다소 여유가 생겼지만, 오나비의 5일이 마음에 걸렸다. 대소변은 철저히 가릴 줄 아는 녀석이라 걱정하지 않았는데, 먹는 것 때문이었다. 동철이는 동물병원을 방문했다. 애완동물 전문가 소견을 듣고 안도했다. 강아지는 5일간의 식사를 미리 챙겨 주면 하루에 다 처먹어 배 터져 죽을 수 있지만, 영물인 고양이는 절대 그러지 않는다는 조언이었다. 다소 안심이 되었다. 오나비의 사료와 물을 넉넉하게 보충해놓고 화장실에 감금했다.

 지난날보다 늘어난 추석 행보는 마음에 여유를 주었다. 30년이 넘도록 명절 고향 방문 때면 마라톤 주자 같은 심경이었다. 고향 땅을 밟았다 하여 하룻밤 편안한 잠을 청하지 못했다. 오랜만에 만나본 고향 친구는 객지 사람을 스치듯 안부 대화 정도만 나누었다. 성묘를 마치고 나면 돌아올 길이 너무나 암담했다. 이틀이 늘어난 이번 추석은 시간 여유가 많았다. 모처럼 친척들과 친구들을 만나 느긋하게 술자리를 할 수 있었다. 늘어난 추석 연휴가 사람 구실을 할 수 있게끔 만들어 주었다.

넉넉한 하루를 고향 땅에서 보낸 탓인지 서울로 상경하는 길목들이 답답하지 않았다. 실로 자영업 시작 35년 만에 추석다운 추석이었다. 다소 여유 있었던 명절을 보내고 가게 문을 열었다. 추석이 지나면 완연한 가을로 접어들었다. 5일 만에 재회한 두 녀석과 나는 덕담을 나눠 가면서 커피를 마셨다. 가을이란 단풍이 물들고 낙엽만 지는 계절이 아니었다. 판매해야 하는 자재들의 변화가 있었다. 냉동 자재보다는 전기 자재인 콘센트와 전선 판매가 더 많아지는 계절이었다. 나 역시 그랬지만 여유 있는 명절로 두 녀석의 표정이 밝았다. 잠시 가을 자재 판매를 논했던 동철이는 여자 화장실로 향했다.

오나비의 근황 때문이었다. 동철이는 반가운 마음이었다. 매일매일 마주치던 녀석이었는데 5일 동안이나 방치해놓아서 다소 궁금하기도 했다. 오나비 숙소인 여자 화장실 문을 열어 본 동철이는 벌어진 입을 다물지 못했다. 치켜뜬 눈을 의심해가면서 망연자실할 수밖에 없었다. 오나비의 전세방이라 일컫는 화장실은 추석 연휴 전처럼 말끔했던 화장실이 아니었다. 격하게 표현하자면 마치 동일본 쓰나미가 휩쓸어버린 후쿠시마의 어느 지역만큼이나 처참하게 변해 있었다. 구형 냉장고 위에 가지런히 쌓아 두었던 화장지들이 무명베를 갈기갈기 찢어서 널려 놓은 형국이었다. 사방팔방에 하얀 화장지 조각이 어질러져 있었고, 대접에 넉넉하게 담아 놓았던 사료는 알갱이들이 폭탄 파편 못지않게 흩어져 있었다. 자신의 배설물을 숨겨 놓은 모래 상자마저 너덜거리는 휴지 조각으로 변했고, 배설물이 뒤섞인 모래들이 화장실 창문과 구석구석을 파고들어 냄새 또한 역겹다 못해 고약했다. 발악과 발광을 뛰어넘은 광란의 현장이었다.

어찌나 몸부림을 쳤는지 전선 작업 후에 간식 라면을 끓이는 냄비와 사발이 찌그러져 있었다. 그뿐만이 아니었다. 그릇이란 그릇은 이빨 자국이 선명히 찍혀 있었다. 더더욱 가관인 것은 오나비의 몰골이었다. 그간의 울분을 삭이지 못했다는 듯 광기狂氣가 서려 있었다. 광기 서린 눈동자에, 온몸뚱이는 찢긴 화장지와 본인 배설물로 더럽혀진 모래를 뒤집어쓴 상태였고, 그마저도 부족했는지 몸뚱이 털들이 빳빳하게 세워져 있었다. 심지어 주둥이와 발톱 사이에 핏방울이 선명했다.

눈알이 동그래진 세 사람을 쏘아보는 녀석은 반성보다는 적개심이 이글거렸다. 마치 세 인간을 씹어 먹어도 분이 안 풀린다는 그런 표정인 것만 같았다. 야~아홍을 퍼질러 내는 음성 역시 보통 기세가 아니었다. 알 수 없는 증오심을 표독스럽게 드러내는 행동이었다.

아비를 자처해왔던 동철이 녀석의 면상이 서서히 일그러져 나갔다. 목 핏대가 선명해지기 무섭게 투박한 슬리퍼로 몸통을 내리쳤다. 녀석은 슬리퍼의 위력을 잘 알면서 물러서지 않았다. 마치 사생결단을 낼 것처럼 완강하게 버티는 반항이 만만치 않았다. 흰 콧수염을 빳빳이 추켜세워 가며 표범 못지않은 이빨을 드러냈다. 바싹 세운 앞발톱으론 위협을 가해왔다. 쌍심지 두 눈에 최대치의 목소리로 억울하다는 듯 야~흐흥, 야~흐흥을 계속 토해냈다. 속된 말로 매를 벌어들이는 행위에 버금갔다. 화가 치민 동철이의 매타작이 본격적으로 시작됐다. 오나비는 나름의 대거리를 해왔지만, 목덜미를 움켜쥐고 내리치는 투박한 슬리퍼 매질은 당해 내지 못했다. 발버둥을 치면서 계속 울부짖던 녀석은 꼬리를 내릴 수밖에 없었다.

추석 연휴를 보낸 자재상이 오픈 즉시 고양이 울부짖음에 어수선했다. 슬리퍼 매질이 얼마나 아팠는지, 매번 완강히 거부해왔던 목욕을 끝내도록 축 늘어진 몰골이었다. 동철이 녀석이 수건으로 물기를 닦으면서 헤어드라이어로 말려가며 머리를 쓰다듬었다. 녀석은 사지를 늘어뜨린 채 눈알만 깜빡거렸다. 눈앞에서 벌어지는 녀석의 행위를 집중해온 나는 묘한 허탈감을 씹어 물었다. 생명체를 영위해온 사람이나 동물이나 고유한 지각 정도는 있으리라 여겼던 믿음이 얼음 파편으로 변해 버려서였다. 동물에게는 지각 자체가 없는 것일까? 분별없이 날뛰었던 오나비의 행위를 어렴풋이 이해할 수 있을 것 같았다. 이 또한 분별력 없이 살아온 나의 전형이라 한들 틀리지 않으리라 여겼다. 축 처져 있는 오나비를 안고 사무실 의자에 앉아 무릎에 앉혔다. 늘어진 녀석을 바라보다 공연스레 애처로운 생각에 가슴이 시렸다. 어린 시절 배고픔을 털어 내기 위해 어머니와 떨어져 살아야 했던 생각이 겹쳐졌다. 내 무릎에 누운 채 눈까풀을 내린 녀석을 바라봤다. 하얀 뱃살은 적절하게 호흡했지만 사지는 완전히 늘어트려 놓았다.

 녀석은 다른 고양이에 비해 지능이 높은 편인 것 같았다. 목욕을 끝낸 지 십여 분이 지나 발딱 일어설 만도 했는데 눈을 깊이 감고 코스프레를 해오고 있었다. 녀석을 살펴보다가 나도 모르게 또다시 여러 생각이 증폭되었다. 녀석의 습성은 몰랐을지라도 우리는 나름의 최선을 다했다. 녀석에게 5일 동안 아무런 불편을 주지 않기 위해 넉넉히 조처해놓은 배려심이라 여겼다. 심지어 쌀쌀해질 저녁 날씨를 예상하여 바닥에 담요까지 깔아 두었다. 만약을 대비해 요구르트에 생수, 사료를 충분하게 보충해 놨었다. 이 정도로 준비해 놓으면 전혀 불편함이 없을 것이라 확신했다. 우리들이 살아가는 인생 여정에 비한다면 부족함이 없는 5일이었다.

그런데 이 녀석은 무엇이 못마땅하여 그따위 발광을 했던 것이었을까? 대체 무엇이 부족하여? 이번엔 반대의 생각을 해 봤다. 고양이들의 습성을 모른다지만 한 번쯤 되짚어 볼 필요는 있을 거라는 생각 때문이었다. 되짚어 본다고 하여 뾰쪽한 방법은 없었으나, 녀석의 답답함에는 폭넓게 생각해 볼 필요성이 있었다. 사실 우리로서는 녀석에게 최대한의 편의를 제공해 주기 위해서였다지만 기실, 화장실은 한 평 반 정도밖에 되지 않았다. 활동 영역이 존재한다는 고양이에게 한 평 반의 넓이란 감옥이었는지도 모른다. 더욱이 하루 12시간 감금과 한 주마다 36시간 감금이 지겨웠는데 느닷없는 5일씩이라니?

최고급 사료에 요구르트와 물을 제공해 주었다고 한들 제한된 공간이란 속박 못지않은 괴로움이었을 것이다. 녀석은 화장실에서만 밤 생활을 지속한 지 반년이 되었다. 그 시간에는 고착되어 버린 일정이 함께해 왔었다. 하루 중 12시간만 참고 견디는 것이 체화된 몸뚱이였는데, 어지간한 인내로는 감당해 내기가 어려웠을 것이다. 더군다나 야행성이 있다는 뒷골목 고양이 녀석이었다. 전혀 예측을 못 했던 현실과 마주치면 어떤 생명체라도 당황하는 것이 당연지사가 아닐까? 오 나비의 광란이 순리와 맞물려지자 수긍이 가기는 했다.

지나가 버린 경위야 어찌 됐든 꼰대인 나는, 고양이와의 동거로 인해 많은 생각을 유추해내고 있었다. 하찮은 고양이가 아닌 하나의 개체로서. 그 개체의 종이 다르다지만, 존엄과 가치관은 인간과 구분해서 터부시해서는 안 될 거라 여겼다. 인간은 진화된 머릿속에 내재 되어 있는 사악한 인내심 하나로 지구상의 모든 사물을 지배해왔다. 지배자의 양식이란 자기 존재 관점만이 올바른 판단이라 여겼다. 이런 것이 인간의 편향된 사고라면, 나 역시 다르다고 말할 순 없었다. 추석 연휴를 보낸 지 하루가 지나기 전에 논리의 폭이 넓어지는 느낌이었다.

지금껏 장사와 맞물린 일상 외에는 거의 다른 생각에 치중해 본 적이 없었는데, 녀석과의 생활 중에 가장 많이 생겨난 나의 변화는 나 자신과 나누는 대화였다. 자신과 나누는 대화는 새로운 세상과의 만남이었다. 나쁘다거나 추하다거나 좋거나 간에 합리적으로 해석할 수 있어서였다. 얼굴 붉힐 일이 없었고 밖으로 드러나지 않아 더욱 좋았다. 자신과의 대화는 선문답 식이었다. 비록 수행자는 아니지만 선문답 식 대화에는 많은 깨우침이 있었다. 깨우침이란 새로운 싹을 발아시키는 씨앗과 같았다. 자가당착에 빠져들지 않았다. 자아란 자신을 되돌아보는 성찰과 버무려져 있었다. 오나비의 영역에 접근하면 새싹에서 우러나오는 순수한 생각들이 증폭되곤 했다.

눈꺼풀을 그윽하게 내리고 있는 녀석이 더욱 측은해 보였다. 겉으로 측은해하는 생각이란 어쩌면 가식의 극치일지 모른다. 인간이란 항상 자신의 편익에 따라 찌그러진 감수성과 잘나 빠진 이기심을 표출하지 않고 살아가기 때문일 것이다. 별의별 잡념이 끝없는 하늘을 뒤덮은 별보다 많았다. 녀석의 행위를 다스리는 우리의 행위 역시 권력의 한 축만 같았다. 아니라며 부정하고 싶지만, 강권을 써온 것만은 사실이었다. 느닷없는 생각에 김수영 시인의 '어느 날 고궁을 나오면서'라는 시詩가 생각이 났다. 권력에 엎드리면서 20원을 받으러 오는 야경꾼만 증오한다는? 허접한 생각이겠지만, 나 같은 놈을 빗댄 말로 여겨졌다.

 나이 탓이었던 것일까? 최근 들어 상념 속으로 빠져드는 날이 많아졌다. 맞댄 무릎에 늘어져 있는 오나비를 바라봤다. 녀석은 야경꾼이 아니었다. 안쓰러운 마음이 일었다. 미니 열기구를 켜 놓고 물기가 남아 있는 속 털까지 보송보송하도록 말려 주었다. 한쪽 손으론 계속 머리를 쓰다듬고 있었다. 마치 죽은 듯 누워 있던 녀석이 손가락을 깨물면서 아양을 떨어왔다. 다음 행동은 어김없는 발라당이었다. 아랫배를 쓰다듬기 무섭게 바짓가랑이를 물고 늘어졌다.

 깨어나지 못할 것처럼 잠들어 있던 영혼이 돌아온 느낌이었다. 불과 30여 분 전에 당했던 구타는 급류에 휩쓸린 돌멩이로 여기는 행동이었다. 녀석의 행동 변화에는 일정한 간격이 없었다. 어느 때는 즉흥적인 것 같았고, 어느 땐 기획된 연출이라 여겨졌다. 모든 행동이 어쩌면 음흉한 속내를 숨기는 가면을 쓴 듯도 했다. 녀석의 생각도 사람과 같을까? 라는 생각을 해가며 껴안아 봤다. 포근하게 안기면서 상처 난 앞발을 내 어깨 위에 올려놓았다. 보송보송한 털에는 윤기가 넘쳐났다. 녀석이 가게 일원으로 변한 지 반년이 넘어갔다. 이제야 무심한 세월이 없음을 절감했다. 동물이라면 별다른 관심이 없었는데, 66년 만에 진심으로 껴안아 본

고양이 녀석이었다. 이렇게 얌전히 행동해 준다면 남은 평생을 함께 살아도 불편이 없을 것 같았다. 하지만 녀석은 화분에 키우는 꽃이 아니었다. 뒷골목의 야생 고양이었다. 어느 잡지에 실린, 고양이의 생태라는 구절句節을 더듬어 봤다. '고양이는 본능적으로 몸 상태가 나빠졌다는 것을 숨기려는 경향이 있다. 약점이 드러나면 쉽게 공격당할지 모른다는 야성의 습성 때문이다.'라는 글이었다. 그러나 이 녀석은 아니지 않는가. 어미를 모르는 새끼 때부터 사람 손을 거쳐 성장해왔다. 야생의 생존 법칙은 철저히 모르는 것이다.

자신 내면에 숨어 있는 야성의 DNA는 분명 살아있을 것이다. 본능은, 어느 때를 대비하여 비축해 놓았다가 부지불식간에 튀어나올는지 모른다. 지금까지의 행위란 자신이 살아가야 하는, 살아남으려는 하나의 방편일 수가 있는 것이다. 더불어 어미에 대한 본능적인 애증을 우리들에게 의지해 가면서, 안착해야 할 정착지를 가늠해 나가는 것은 아닐까, 라는 생각이 들었다. 또다시 상념 속으로 빠져들었다.

동철이가 다가와 내 품에 안겨 있는 오나비를 빼내었다. 반 시간 전에 사정없이 두들겨 패놓아 마음에 걸렸을 것이다. 가게 안에서는 동철이 녀석이 오나비 담당 역할을 해내고 있었다. 오나비도 느끼고 있었는지 항상 동철이만을 가장 많이 따라다녔다. 말썽을 부릴 때마다 투박한 슬리퍼로 개 패듯이 때렸는데 말이다. 설마 자신을 때리는 매를 사랑의 매라 여기지는 않았겠지만 말이다.

 동철이 녀석이 어깨에 안긴 오나비를 밖으로 데리고 나갔다. 가게 정문 앞에는 은행나무 가로수들이 줄지어 있었다. 복개천 도로라서 10여 미터의 양편엔 수량水量이 풍부했다. 다른 지역에 비해 은행나무들이 자라기에는 최적 여건이었다. 매년 은행나무 열매가 어마어마하게 매달렸다. 은행나무는 UN이 멸종위기종이라 정했다지만 가게 앞에선 쌩쌩하기만 했다. 은행나무는 독성이 있어서 벌레마저 접근을 안 하는 걸로 알고 있는데, 전혀 예상치 못했던 현상이 나타났다. 열매의 구릿한 냄새 때문이었는지, 가게 앞 은행나무를 감싸고 만들어 놓은 느티나무 원탁 쉼터에 가을이면 똥파리 떼들이 들끓었다. 등이 새파란 파리떼는 일반 파리와는 확연한 차이를 드러냈다. 덩치들이 달랐고 강한 날갯짓에 비행 속도 역시 빨랐다. 똥파리 떼는 은행나무 밑동에서부터 3~4미터를 10여 마리가 무리 지어 활기차게 날아다녔다. 어느 때는 혼인비행처럼 여겨졌다. 햇볕이 집중적으로 내리쬐면 똥파리의 집단행동이 더욱 선명했다. 오나비 녀석은 집단 똥파리 떼를 유난히 좋아했다. 동철이 어깨를 벗어난 녀석은 똥파리들의 유희 속으로 파고들었다. 그들을 잡겠다는 듯 두 귀를 바싹 세워가며 나무로 오르는 동작을 취했지만 어림없었다. 어느 때는 발톱에 채어 낙상해 버린 똥파리를 입에 물라치면 나는 기겁을 했다. 거의 허탕을 쳤지만 녀석은 똥파리 떼만 눈에 띄면 길길이 날뛰었다. 칠푼이 같은 녀석의 행동에 실웃음이 나왔다. 녀석의 가식 없는 염치를 본 것이 아니라 소탈한 진실이라 여겨서였다. 서울특별시민들도 오나비만큼 소탈한 진실로 살아간다면 더없이 좋으리라는 생각이 들기도 했다.

  나는 이제 3년 반만 지나치면 고희로 접어든다. 두보의 곡강曲江 시를 운운하려는 뜻이 아니지만, 인생 70이면 사물을 살펴보는 안목이 달라진다고 했다. 어쩌면 옛날 문헌적 글일지도 모른다. 현시대는 백세시대라 하여 70세는 팔팔한 나이로 여겼다. 70을 몇 발짝 남겨 놓았으나 아직까진 도사리 같은 느낌이었다. 바꿔 말한다면 껍데기만 꼰대지 철딱서니를 떨쳐내지 못한 것 같아서였다. 세상살이의 옳고 그름의 가치 판단은 삼자三者들 몫이었다. 하지만 사람은 누구나 일상사의 정의를 자신의 기준이라 여겼다. 자신의 행위를 중앙에 놓고 바라보는 것이 아니라, 편향에 따라 좌우측이 되었다. 나 역시 비슷하게 살아온 인생이라 여겨졌다. 편협한 사고가 옴딱지로 붙어 있어서 피해의식이 잠재되어 있었다. 특히 장사로 먹고사는 인간은 거의 같은 생각이었다.

장사란 이윤을 남기기 위한 행위지만 때로는 손해를 감수할 때가 있었다. 전선이나 동파이프가 그런 경향이 가장 많았다. 일정한 가격 공급보다는 굴곡 편차가 심하여 들쭉날쭉한 시세 때문이었다. 예를 들어 지난달 재고가 폭락 장이 되어 급락해 버리면 창자가 갈라지는 아픔을 겪는다. 반대로 광범위해지는 중국 내수 경기와 맞물리면 원자재 가격이 내리막보다는 오르막이 더 많았다. 이윤이 많았을 땐 많다는 표식을 나타내지 않았다. 조금만 손해가 발생하면 내일 당장 파산할 것처럼 떠벌렸다.

나는 장사꾼으로 살아왔기 때문에 타산 속성의 물을 함께 먹고 살아온 인간이었다. 깨끗하다 자부하기에는 낯짝이 뜨거웠다. 똥파리 떼와 놀이 삼매경에 빠져든 오나비를 바라보면서 떠오른 생각이었다. 녀석의 행위에는 이해득실이 없어 보였다. 득과 실에 무게를 두지 않는 삶이 녀석의 행동과 맞물려 있는 것 같았다. 은연중 이른 시일 안에 자유롭게 해줘야겠다는 생각이 들었다. 은행나무 밑동에서 똥파리 떼 움직임에 정신이 팔려있는 녀석을 놔두고, 재빨리 가게 안으로 들어오라는 눈짓을 동철이에게 보냈다. 동철이가 슬그머니 고개를 돌리고 서너 발 옮기려는 찰나에 오나비가 먼저 가게 안으로 파고들었다. 아직까진 야생의 본능보다는 미지의 두려움에 발을 들여놓을 용기가 없어 보였다.

13

 추석 연휴를 보내고 한바탕 치른 홍역은 먼 옛날 일인가 싶었다. 일상의 변화란 늘 그래왔다. 지난날 나는 오나비보다 더 많은 홍역을 치러 낸 적이 있었다. 예고 없이 올려 버린 임대료, 몇 달의 여유도 주지 않고 가게를 비우라는 건물주의 횡포는 나날이 심해졌었다. 회초리만큼이나 매서운 곡절을 겪어서 더욱 여물어 가는 것이라 여겼다. 되돌리자면 아픔이란 성숙과 맞물린다는 생각이었다.

 한바탕 법석을 치른 후부터 두 녀석은 오나비를 더욱 알뜰하게 챙겼다. 마치 가게의 구성원처럼 여기는 행동이었다. 평상시 반려동물이라면 도리도리해왔던 나의 행동 변화를 두 녀석은 반기고 있었다. 고양이 방출에만 골몰해왔던 꼰대였는데 그런 기색을 드러내지 않아서였다. 버릇없이 나대는 행동에 눈살을 찌푸리지 않았고 애교에는 미소를 지었다. 그뿐만이 아니었다. 은근한 강압보다는 부드러운 태도로 일관해왔다. 뭔가를 자각하는 듯한 심사心思가 확연하여 두 녀석은 안도했다. 두 녀석은 변화된 분위기를 방석 삼아 아예 오나비 아바타로 변해가기 시작했다. 과過하게는 동물병원을 방문하여 고양이가 숙주라는 '톡소포자충'을 주절거렸고, '뉴웨이브 홀리스틱 1.2kg 연어'라는 로고의 고급 사료를 구해왔다. 그마저 부족했는지 한 입거리의 닭가슴살을 사 날랐다. 어차피 모든 것을 내려놓기로 마음먹은 바에야 아예 모르는 척해 나갔다. 오나비는 가게에 합류한 지 7개월이 지나가기 무섭게 가게 안이 자신의 영토라는 듯 기세를 떨쳤다. 2층 자재 틈바구니를 휘저었고 아래층 구석구석을 훑고 다녔다. 자유를 만끽한다기보다는 어떤 특권을 누리는 행위로 여겨졌다. 녀석의 행동에 만성이 되어 버린 나 역시 방관해 나갔다.

다양한 형태의 고객들과 더불어 살아온 자재상 영업은 외상 거래처가 가장 걸림돌이었다. 나 역시 제조업 과정에서 외상 자재로 지탱해나간 적이 있었다. 협력업체와의 불화로 부도를 맞았고 부도를 내는 과정에서 FRP 수지 대리점에 손해를 입혔다. 그 대리점은 나로 인해 고역을 치렀다. 당시 빈털터리로 살아야 했기에 깔끔한 정리를 해내지 못했다. 파산해 버린 사업체 사장에게 항상 죄송한 마음으로 살아가야 했다. 세월이 흘러 그 사람의 행방을 알 길이 없었다. 외상거래란 항상 위험 요소가 담겨 있었고 연쇄작용이 내포되어 있었다. 외상 때문에 여러 형태를 경험한 나는 외상거래에 촉각을 세워야만 했다. 규모가 큰 거래처는 월말 결제와 맞물려 있었다. 외상거래는 항상 월말 결재라는 약속함에서 이루어졌는데, 한 달이 더 지연되는 경우가 더러 있었다. 한 달 지연 정도는 견딜 만했지만, 3개월 이상 늦춰지면 곤란한 현실과 부딪쳤다. 자재상마다 뜨거운 감자였고 딜레마이기도 했다.

  가게 거래처 중에 규모가 큰 '청솔 냉난방'이라는 업체가 있었다. 규모가 큰 만큼 거래 내역 역시 1년이면 억(億) 단위가 넘어갔다. 거래 기간이 늘어나면서 결재 지연 현상이 도드라지기 시작했다. 자재를 소모해야 하는 과정에서 가장 난감한 현상이었다. 미결제 금액이 남은 상태에서 질질 끌려다니면 힘겨운 법정 싸움을 감내해야 했다. 1년 전에는 포항 현장 스틸파이프 납품 때, 4천만 원 정도의 손해를 안았다. 약속 결제 날짜 지연을 방치하여 파생된 사건이었다. 그뿐만은 아니었다. 35여 년 동안 외상거래로 발생한 손해 금액이 7억에 가까웠다. 어려운 여건이 겹쳐 있었으나 규모가 큰 거래처는 내치기가 난감했고 계속 끌고 가는 것 역시 힘겨웠다. 더욱 괴로운 것은 타 자재상이 노리는 업체이기 때문이었다. 그만큼 많은 자재를 소모해 주었지만 거의 마무리가 좋지 않았다. 청솔 냉난방 결재 날짜가 계속 지연되었다. 두 녀석이 결사반대했지만, 나는 과감한 전환이 필요했다. 외상 자재 출고를 단호히 차단했다. 외상 자재 출고 정지 결정은 횡포가 아닌 가게를 유지해내기 위한 방책이었다. 청솔 냉난방 사장은 대노大怒했다. 10여 년을 팔아준 매상 금액을 열거해 오면서 거래 단절을 선포해왔다. 나는 약속 결재 날짜를 어기지 말라며 맞받아쳤다. 감정이 겹친 냉전은 두 달이 넘도록 이어졌지만 결국 상대방이 백기를 들어왔다.

그들이 우리 가게를 선호할 수밖에 없었던 이유가 있었다. 지나온 내 자랑을 하려는 의도는 아니다. 내가 운영해온 가게는 동同 대한민국 냉동 자재상의 표상이라 했다. 썰렁한 얘기일지는 모르지만 지나온 과거가 그 해답이었다. 나는 가게 오픈을 앞둔 직전에는 벽을 바르는 미장이었다. 며칠 사이의 직업 이직이란 함부로 범접할 수 없는 행위였다. 무경험 활로 개척의 고달픔은 말로써 형언할 수 없는 고통이 달라붙는다. 발바닥이 짓물렀어도 진인사대천명이라 여겼다. 나 자신이 원한 일이었고, 살아남기 위한 목적이며 수단이었다. 무경험 현실 앞에서는 살아남거나 까무러치기뿐이었다. 사활이 걸린 문제였고 내 일생에 있어서 반드시 넘어야 할 산이라 여겼다.

이를 악문 나날이었다. 자금력은 지극히 열악했다. 결과론을 떠나 처음 가게를 시작했을 때, 나는 남보다 열 배 이상 노력해야만 한다고 여겼다 더욱이 1천만 원 고리채로 사들인 전선을 몽땅 도난당했을 당시에는 상실감 충격이 너무나 커서 자살까지 염두에 두었다. 막다른 골목에서 처절한 절망의 늪에 빠져 몸부림을 쳤는데. 충북 음성 꽃동네의 오웅진 신부님이 구원의 손길을 내밀어 주었다. 물론 나는 무신론자였으나 오웅진 신부님의 도움으로 새로운 삶을 개척해 나갈 수 있었다. 이제부턴 백배 이상 노력뿐이라며 입안에 피가 고이도록 깨물었다.

가게 일과를 끝내 놓고서 밤 열한 시가 넘도록 잠실에 있는 전기재료 전국 유통자재상을 방문하여 구색을 하나하나씩 맞춰 나갔다. 냉동 전기 자재상을 해내려면 실무 경험이 어느 정도는 있어야만 유통 과정에서 뒤처지지 않는다는 생각뿐이었다. 소규모로 가게 영업을 끝내놓고 냉동 전기공사 현장 보조를 자처했다.

밤잠을 설쳐가면서 전기공사와 에어컨 고장 수리, 설치 방법을 배웠다. 에어컨 전문가는 학원에 다니라면서 기술 전수를 철저히 외면해왔다. 나는 눈물을 삼켜가며 무보수 보조역할을 자청했다. 몸은 항상 납덩이로 무거웠고 고달팠다. 주위 사람과 집사람한테 나약함을 보이지 않기 위해 부단히 노력했다. 끈기 있게 파고든 3년은 거의 낮과 밤이 없었다. 3년이 지난 다음 에어컨 원리와 설치 방법, 독특한 고장 수리 기술을 터득해 낼 수가 있었다. 오로지 노력의 결과였고 지역에서 최고 기술자로 이름을 알리게 됐다. 기적을 만들어 내놓고 남몰래 쏟아낸 눈물은 눈물이 아니었다. 몸뚱이로 일궈 낸 염원이었다. 무無에서 유有를 만들어 냈다. 진종일 가게 장사를 끝내놓으면, 해 질 녘부터 보조역할을 자처해가며 밤 10시 어느 땐 12를 넘기는 것쯤은 다반사였다. 집념의 행위가 가게 영업의 든든한 버팀목이 되어주었다. 에어컨 원리原理부터 전공 작업 방법을 터득하게 되어 계절마다 발 빠르게 대처해 낼 수가 있었다. 냉난방 전기공사 원리에 기초하여 현재 가게는 일방통행 가게로 명성을 떨쳐 나갔다. 불철주야의 노력이 밑바탕이 되어 청계천이나 다른 자재상은 우리 가게만큼 구색을 갖추지 못했다.

  많은 작업량을 처리해 내야 하는 업체는 시간이 돈

이었다. 오밀조밀한 청계천 상가나 각 구역에 산재해 있는 자재상은 100%의 구비가 어려웠다. 여러 사정이 있겠지만 가장 근본적인 문제는 바로, 현장 실무 경험 부재와 맞물려 있었다. 특히 시스템 에어컨과 대형 냉방기는 부자재 종류가 무척 다양했다. 다양한 형태의 설치 자재는 청계천을 방문하여 여러 가게를 거쳐야만 구비가 가능했다. 약간의 유동성은 있었지만 가장 큰 문제는 시간이었다. 작업 현장 출발을 앞두고 한두 시간의 지체는 즉시 돈과 연결된다. 발 빠르게 앞선 여건을 만들어 낸 것은 실무 경험의 산물이었다. 내가 운영해온 가게는 거의 모든 자재를 한 번에 구매할 수 있는 자재상으로 인식되어 나갔다. 이렇게 만들어 낸 것은 끝없는 노력의 결과물이었고, A급 거래처와의 연결고리를 단단하게 엮어 놓았다.

결제 문제로 다투었으나 거래처 중엔 에어컨 설치기사 숫자가 많은 곳이 청솔 냉난방이었다. 청솔 기사는 10여 명이 넘었다. 그들은 가게 문을 오픈함과 동시에 유닛 그룹을 형성하여 방문해왔다. 현장 여건에 따라 2~3명에서 3~4명씩 들락거렸는데, 대다수가 성격이 무난했다. 청솔 그룹 기사들의 방문을 오나비 녀석이 기가 막히게 감지해냈다. 서너 그룹이 나뉘어 다닌다는 것을 예상해왔다는 듯이 그들의 방문 시간을 반겼다.

　청솔 기사들은, 가게 방문과 동시에 남자 화장실 방향에 설치해놓은 무료 커피 설치대로 향했다. 오나비 녀석이 노리는 기회가 바로 이때였다. 어느 틈에 나타나 바지 밑단을 물어 놓고 발라당, 손가락 깨물기, 꼬리 흔들기로 관심을 집중시켜 놓고 따라다녔다. 더욱 해괴한 짓은 그들이 사무실 전면에 모여 커피를 마셔가면서 현장 여건을 논할 때마다, 녀석의 간섭이 시작됐다. 계속 꼬리를 흔들면서 앞발로 툭툭 건드려 가면서 입맛을 다셨다. 청솔 기사가 손바닥을 펴 커피를 쏟아 놓으면 커피를 홀쩍거렸다. 커피까지 날름거리는 행동을 반복하는 오나비에게 청솔 기사들이 매료되어 버렸다. 마주치는 시간이 지날수록 반대 현상이 나타났다. 가게 출입문이 열리면 외려 청솔 그룹이 먼저 오나비를 찾았다. 사람의 심리란 종이 한 장 차이였는지는 모른다. 기겁을 했던 내가 그 표본만 같았다. 가게를 출근하여 오나비가 보이지 않으면 내가 더 궁금해했다. 뒤바뀐 현상을 뭐라 표현하지는 못하겠지만, 오나비만이 가지고 있는 특질인 것만 같았다. 녀석에게는 특이한 끌어당김이 있었다.

　청솔 기사들은 작업 현장 출근에 앞서 항상 10여 분간 녀석의 재롱을 반겼다. 하찮은 고양이라지만 아침 대면에 교감을 나눌 수 있다는 것은 신선한 바람과도 같을 거라 여겼다. 오나비의 앙증맞은 행동에 미소를 자아내는 것은 단순한 행위가 아니었다. 다소나마 현장 출근 발걸음을 가볍게 만들어 내는 요인이었다. 점점 오나비와 가까워진 청솔 그룹은 녀석의 먹이를 사 날랐다. 가장 좋아하는 닭가슴살이었다. 나는 녀석의 행동에 동조해 나갔다. 어떻든 가게의 단골손님들 기분이 좋다는 것은, 긍정적으로 영업에 이득을 주는 행위와 맞물려 있었다. 이기심의 발로라 한들 현실이었다. 나마저 오나비의 팬심에 동조해 나가자 가게의 면면에 또 다른 변화가 생겨났다. 두 녀석과 고양이가 중심축이 되었고, 나의 입지는 점점 축소되어가는 느낌이었다. 뚱딴지같은 변화라기에 앞서 무기력증을 안아야 하는 내 자신이 초라한 모양새만 같았다. 그렇지만 아무리 뒤바뀐 현상이 도래되었을망정, 35년 전통이 돌가루만큼 바스러져 버리진 않았다. 현재까지도 꼰대의 가게 장악력은 권위가 있었다. 하지만 그 권위 역시 허약한 기침 소리에 불과했다.

  매장에서의 오나비 금단 구역은 거의 없어졌다. 먹고 싶을 때면 처먹고, 심심하면 손님을 상대로 시비를 걸고, 피곤하면 2층 다락에 숨어들어 퍼질러 잤다. 녀석의 오만방자함은 끝이 보이지 않았다. 오냐오냐하니까 할아버지 턱수염을 잡는다는 속담처럼 이제는 최종 금단 구역인 사무실마저 기웃거려왔다. 3평 정도의 사무실은 오밀조밀한 구조로 이루어져 있었다. 컴퓨터 전공 경리 퇴사로 컴퓨터 시스템을 갖추지 못한 사무실이었다. 장식품 컴퓨터와 복사기, 팩스, 전화기 3대, 수기 작성 거래명세서, 각종 카탈로그가 쌓여 있는 책상 3개가 있어서 평수를 떠나 복잡했다. 사무실 정면으론 카드 단말기, 싸인 패드, 수납 절차 때문에 한쪽 창문을 상시 오픈해 놓고 있었다.

매일 겪는 바쁜 아침 시간이 지나갈 무렵이었다. 팩스로 전송해온 주문서를 출력해내고 있었는데, 오나비 녀석이 1미터 높이의 카드 단말기 싸인 패드에 뛰어올라 짓밟아 놓고, 사무실 책상 위로 침입해왔다. 눈 깜짝할 신출귀몰의 행동이었다. 녀석의 민첩한 행동에 나는 기겁을 했다. 재빨리 조간신문을 말아 휘둘렀다. 사무실 밖으로 내쫓기 위한 행동이었다. 신문을 말아 쫓아내려 했던 행동이 문제를 더 만들어 놓았다. 녀석은 신문을 말아 휘두르는 행위를 일종의 놀이로 여기고 있다는 사실을 몰랐다. 신문을 말아 휘두르면 더욱 좋아하면서 책상 널뛰기를 했다. 말아 쥔 신문을 휘두를 때마다 야홍, 야~홍 길길이 날뛰었다. 사무실이 난장판이 되었다. 복사기 위로, 팩스 위로, 전화기를 뛰어

넘어 거래명세서 카탈로그를 헤집고 다녔다. 화가 머리 끝까지 치민 나는 녀석의 멱을 야무지게 움켜잡고 화장실에 감금시켰다. 오나비는 한 시간이 넘도록 격렬한 몸부림을 쳐야 하는 처벌을 받았다.

가을 하늘은 애국가의 뭉클한 가사만큼이나 공활했다. 국화꽃 계절인 완연한 가을이 여물어 가고 있었다. 매스컴은 산야의 단풍이 물들어간다면서 전국 산하의 붉은색 지도를 까발렸다. 아침 온도와 밤의 대기가 굴곡져 오기 시작했다. 매년 이 시기면 자영업 자재상은 가을걷이 추수 같은 계절이었다. 추위가 밀려들기 전에 마지막 피치를 올려놓아야 했다. 겨울을 대비하여 비축해야 할 자재들과 빨리 털어 내야 할 것들을 구분해 나갔다.

자재 판매상의 난제 중 하나는 불필요한 재고를 안고 가는 것이었다. 냉동 전기 자재와 조명등의 변신이 디지털 시대와 맞물려 있었다. 3D 프린터 복제 시대는 사람의 고정관념을 허물어뜨렸다. 바야흐로 플랫폼 시대라 했다. 취급하는 물품 변신이 네 계절보다 빨라졌다. 필라멘트 전깃불 시대가 열렸을 때, 사람들은 경악했다. 이후 60여 년의 세월이 흐르고서야 주광색 형광등이 나타났고, EL 전구가 등장했다. LED를 발견했던 시기는 불과 50년에 지나지 않았다. 파란색을 추출하지 못하여 색상 상용화를 못했는데, 일본에서 파란 색상을 찾아냈다. 상용화가 되기 무섭게 LED의 변화 속도는 어떤 주기라는 것을 무력화시켰다. 조명등 변화 속도는 전기 자재상 변신을 독촉해왔다. 독촉이란 게으름과는 상극이었다. 미적거리면서 재고 관리를 잘 못해내면 1년 장사 수익을 현저히 깎아 먹었다.

중간 유통업인 자재자영업이란 늘어진 엿가락 같은 사업이 아니었다. 약간만 느슨해지면 불필요한 손해를 껴안았다. 우리나라는 선진국 대열에 다가서기 위해 많은 변천을 겪었지만, 그에 못지않게 새로운 신화를 창출해 냈다. 어느 인문 학자는 4계절의 빠른 변화가 역동성을 만들어 낸 결과라 했다. 한강의 기적 같은 현상에는 많은 고통이 수반 되었다. 세계 최단 시간 건설의 경부 고속도로, 세계 굴지의 건설사를 녹다운시켜 놓은 사우디 주베일항만 공사, 반도체와 자동차, 조선 산업과 토목 공사 등이 대표적이었다.

발 빠른 여정은 피와 땀으로 이뤄낸 역사라기보다는, 한국인의 근면성과 가난이 맞물린 필연이었다. 이 모든 현상은 빨리빨리 문화가 만들어 낸 결실이라 하여도 틀린 말이 아니었다. 빨리빨리 문화를 안고 살아온 나는 지금껏 부지런함을 우선시했다. 지나버린 과거로 부산을 떨러는 의도는 아니지만, 일률적인 노동시간 제약이 자재상에는 악재로 다가왔다. 경리와 오나비의 출현으로 재고 정리에 약간 느슨했던 대가는 참혹한 대가를 치러야 했다. 우리나라는 전기의 쌀이라는 LED 기술 역시 세계 최고 수준에 도달해 있었다. LED 세상이 열리면서 조명 시장이 대혼란을 겪었다. 전광석화 못지않게 변해 버린 LED 시장에 발 빠른 대처를 못했던 가게는, 몇 개월 만에 1천여만 원이 넘는 재고를 쓰레기로 처리해야만 했다. 안타까운 현실이었다. 재앙 같은 현실은 주 40시간 근로 시간과 맞물려 있었다. 지금껏 사장과 직원을 구분하지 않는다며 함께해왔던 가게의 일상 의식이 달라져 있어서였다. 주 40시간 근로 시간을 중점적으로 다루지 않았을 때는, 주인의식을 넘어 빠른 독립을 위해 부단한 노력을 해왔었다. 앞선 선배들의 성공이 그랬고 현재의 두 녀석 역시 그래왔었는데, 경리의 주 40시간 근무를 받아들이면서부터 헝클어지기 시작했다. 묘한 현상이었다. 대학 교육을 마친 두 녀석이라서 자립할 시기가 도래되어 더욱 피치를 올릴 줄로 여겼지만, 태만으로 일관했다. 앞날을 전혀 고려하지 않은 근무 시간 격차에 반발했음을 예상하지 못했었다.

  모든 일상을 시대의 변천이라 치부해 버리기엔 어불

성설만 같았다. 대한민국은 급속한 발전을 이뤄냈기에 요소마다 많은 광맥이 숨어 있었다. 하지만 대가 없는 성공이 허영심을 부추겼고 땅을 파헤쳐야만 광맥을 찾는다는 사실을 망각해 버린 세상으로 변했다. 두 녀석이 이런 현실에 편승하여 눈앞의 광맥을 보지 못함이 안타까웠다. 불과 10여 년 전에는 일상 하나하나를 배움으로 여겼는데, 오늘날의 현실은 달라도 너무나 달랐다. 퇴출 경리의 근무 시간과 맞물려 주인의식을 상실해 버린 두 녀석의 행동이 아직도 잔재로 남아 있었다. 두 녀석은 퇴근 직전의 정리를 주장했지만, 나는 새롭게 체계를 잡아나가기 시작했다. 경리 입사와 고양이 녀석으로 인하여 재고 관리의 부실을 탓하기에 앞서, 거듭되는 반복을 방지하고자 함이었다. 체계란 솔선수범이었다. 자재가 빠져나가기 무섭게 내가 먼저 움직였다. 사장의 솔선수범은 무언의 압박이었다. 자재상 영업 일상이란 항상 그랬다. 한발 앞서 움직이지 않으면 예상치 못했던 문제에 직면했다. 이번의 손해 역시 누굴 탓하기에 앞서 '내 탓이라' 여겼다. 오나비를 끼워 넣어 본들 지나친 세월 더듬기에 불과했다. 느슨했던 일상의 참혹한 결과를 경험한 두 녀석이 늦게나마 입출고 정리를 해 나갔다.

가게야 어찌 됐든 오나비의 일상만큼은 변함이 없었

다. 사람의 움직임은 노동에 속했고, 오나비의 움직임은 놀이로 여겨졌다. 두 녀석의 자재 재고 파악이 눈에 띄게 달라졌는데, 냉동 자재상들이 비상이 걸렸다. 여태껏 아무런 탈 없이 수십 년을 취급해온 프레온(냉매) 취급 금지령이 발동되어서였다. 뒤따른 법령은 아예 판매 불가 방침을 통보해왔다. 쨍쨍한 대낮에 별이 떠오른 것만 같았다. 냉동 자재상이 프레온가스를 취급하지 못한다면 4계절 중 봄이 없는 것에 버금했다. 아무리 머리를 쥐어짜 봐야 이해할 수 없는 행정명령이었다. 정부는 대체 무엇 때문에 불필요한 법령만 만들어 내는지 역겹기만 했다. 18대 정부 출범 이후 얼토당토않은 법령만을 남발해 내고 있었다. 일반 자재상에서 프레온을 취급하려면 보관 장소를 별도로 구축하라 했다. 구체적인 방침이 내려왔다. 콘크리트를 투입하여 50센티미터의 저장고를 축조하라는 말이었다. 뭘 착각했다 해도 상식을 완전히 벗어난 기상천외한 발상이었다. 대한민국 상가 지역 땅값을 벽촌 논바닥 땅으로 여기지 않는다면 상상해내지 못했을 것이다. 평당 몇천만 원인 상가 지역에 10평 이상의 벙커 저장고를 떠벌린 관료가, 18대 정부를 대변하는 것만 같았다. 황당무계한 법령에 아연실색할 수밖에 없었다. 대체 어떤 놈 머리에서 실현 불가능한 발상이 만들어졌는지 따져

보고 싶었다. 프레온을 취급하는 자재상은 주택 밀집 지역이나 상가 지역에 분포되어 있었다. 인구 밀집 지역에 콘크리트 벙커 같은 저장고를 축조해 나간다면, 전쟁 대비용 방공호로 여길 수 있다는 뜻이었다. 방향만 살짝 틀어 놓으면 전쟁에 대비하라는 말과 일치했다. 비상식적인 행정명령에 입만 벌릴 뿐이었다.

 나는 냉동 원리를 철저히 터득하여 냉매 생산 과정을 소상히 알고 있었다. 프레온가스는 초창기 냉장고에 사용해왔던 암모니아를 대체할 개발품이었다. 미국 제너럴모터스와 화학 약품 회사인 뒤퐁사가 공동 개발을 하는 과정에서 상표명을 프레온이라 했다. 프레온 냉매는 색과 냄새가 없었다. 인체에 무해 하면서 폭발성은 없었고 불에 타지 않았다. 우리나라는 일제 강점기 때부터 아무런 부작용 없이 취급해왔다. 20킬로나 13.6킬로 용기는 안전핀 장치가 되어 있었고, 우레탄은 물론 폭넓은 여러 용도로 사용했다. 유통 판매를 반세기 넘도록 지속해왔지만, 아무런 하자가 없었던 제품 판매를 중지하겠다는 처사에 울분이 치솟았다. 해가 바뀔수록 점점 옥죄어 오는 국가의 자영업 자재상 탄압은 하루하루를 불안하게 만들었다. 프레온가스 억압 정책은 큰 파장을 만들어 냈다. 냉동 자재상들의 거센 반발이 전국적으로 이어져 나갔다. 거센 항의에 프레온

가스 판매 금지는 차츰차츰 시들어졌지만, 이후 4개월 동안 받아야 했던 압박은 원망과 욕설로 얼룩졌다. 스태그플레이션과 함께 치솟기만 하는 엔트로피는 리바이어던 같은 국가 앞에선 무기력하기만 했다.

국가에서 처리해야 할 수많은 악성 범죄 중에는 경제사범 법이 있었다. 우후죽순 널려 있는 기계, 공구, 건축 자재상을 상대로 등골을 빼먹는 족속이 많았다. 그들의 주특기는 어음과 세금계산서 유용이었다. 물론 계산서나 어음 범죄는 양면성이 있었다. 품목이 다른 세금계산서만 헐값에 구매했고, 부도 예상 어음을 저가에 구매하여 불로소득을 챙긴, 명함뿐인 자재상이 난무했다. 사기 계산서 구매자는 곤욕을 치렀는데 사기범은 태평했다. 경제사범이라는 요상한 법法 때문이었다. 경제사범 법은 드러내놓고 사기를 처먹어도 된다는 말에 버금했다. 경제사범 법이란 사기를 방관하는 법과 같았다. 경제사범에 대하여 이렇게 나열함은 억울한 피해자의 연관성 때문이었다. 멍청한 법관도 눈만 크게 뜨면 잘 파악되는 수법이었다. 경제사범 법의 요지는 사회 경제에 일조하다 본인 역시 피해자라는 논리를 앞세웠다. 이런 작자의 피해 논리를 받아들인 경제사범이라는 관대한 법을 적용해왔다. 가장 대표적인 사례는 그룹 총수나 몇천억 사기꾼들이었다. 사회봉사라는 명목의 하루 일당으로 몇백억을 탕감해 주면서, 배고픔에 빵을 훔친 절도범에겐 엄격한 법만 적용했다. 또한 정직한 영세 자영업자들에게는 세금 인상과 별의별 규제만 남발했다. 전 전前 정권이나 다음 정부나 그 나물에 그 밥이있다. 호박에 줄 그어 놓고 수박이라 우기기만 했다.

지랄 같은 세상 물정에 아랑곳하지 않는 오나비는, 오늘 역시 흰 수염을 치켜세워가며 유유자적했다. 녀석의 행동을 바라보면서 자영업이 겪어야 하는 일상과 겹쳐졌다. 유유자적은 아닐지라도 박탈감만 느끼지 않는 환경이었으면 좋겠다는 생각이 들어서였다. 억압에 가까운 냉매 제제와 경제사범 법에 허탈해진 나 자신이 아둔하게만 여겨졌다. '그래, 답답한 현실에 엮이지 않는 네 놈이 있어서 보기는 좋구나.'라고 하는 넋두리가 절로 나왔다가 이내 허전한 가슴 속으로 파고들었다.

14

 은행잎이 노랗게 물들기 시작했다. 은행잎들은 한두 잎씩 질서 정연히 물들지 않았다. 은행잎은 마치 인간 군상의 삶 같은 색깔만큼이나 여겨졌다. 질서 정연하게 물들지 못하는 잎 때문일 것이다. 차가운 바람에도 빨리 시들지 않음은 가난한 사람들의 생명력인 듯 느껴졌다. 끈질긴 생명력을 유지할 것 같았던 은행잎들도 어떤 변화에는 추풍낙엽이었다. 밤새 늦가을 비가 내리면 노란 잎들이 우수수 쏟아져 내렸다. 이 또한 연약한 서민 일상에 견주어졌다. 쏟아져 내린 노란 은행잎을 멍석 삼은 오나비는 신명이 올라왔다. 쭈글쭈글해진 열매를 굴려 가면서 자연을 습득해 나가기 시작했다.
 늦가을과 초겨울 경계에 이르면 일교차는 확연하게 드러났다. 기온이 뚝 떨어지는 저녁 온도는 서민 같았고, 따사로운 햇살은 잘난 인간들이 누리는 전유물로 여겨졌다. 은행나무 열매 굴리기에 열중하던 오나비는 쌀쌀한 바람이 스치기만 하면 재빨리 가게 안으로 파고들었다. 최근 들어 바깥출입을 한두 번씩 시도해 나갔지만, 3분 이상 지체하지는 못했다. 앞날의 탐색치고는 짧은 시간이었다. 놀다가 피곤하면 2층 다락에 쌓여 있는 자재 속에 처박혀 잠들었고, 새카만 전선 더미를 놀이터로 삼았다. 몸집이 점점 불어났다. 불어난 몸집에 따라 행동이 달라졌다. 가장 두드러진 행동은 존재감을 인지시키려는 행위였다. 그렇다고 확정 짓는 것은 언어도단일지 모르지만, 거의 확실한 행동이었다.

이제부터는 자신도 가게 지분(持分)이 있다는 듯 드러내는 행동에는 눈알만 굴렸다. 가게 안을 휘젓고 다니다 너스레를 떨어왔다. 가게 점심은 항상 CV 4P 35C 전선 원탁 드럼에 둘러앉아 해결해왔다. 원탁 드럼에 점심 준비할 때를 기다리던 녀석의 간섭이 시작됐다. 여태껏 처먹어왔던 사료는 멀리하는 행동이었다. 성장기라 그랬는지는 모른다. 원탁에 둘러앉아 점심을 먹을라치면 어김없이 끼어들었다. 점심은 자신과 함께 먹어야 한다는 행동을 확연하게 드러냈다. 드러낸 행동에는 당연하다는 거드름이 담겨 있었다. 자만심인지 자존감인지 구분을 못 했다. 이제부터 나는 천방지축 철

부지가 아닌 의젓한 고양이로소이다, 라며 자부하는 행동처럼 보였다.

 최근 들어 녀석의 행동 변화만큼은 확실했다. 언제까지나 함께 생활할지는 미지수였으나 어차피 한통속이 되었다며 받아들였다. 한통속이라 여겼는데 주둥이는 아니었다. 녀석은 미각이 무척 까다로웠다. 갈비탕의 소고기나 닭고기만 보이면 아랫배가 출렁거리도록 물러서지 않았다. 세 사람이 수저질하는 의자 이곳저곳을 파고들어 혀를 내밀면서 입맛을 다셨다. 하는 행동이 헐렁한 듯하여 웃음이 나왔다. 순댓국에 들어 있는 돼지고기와 짬뽕 해물에는 도리도리 뒷걸음질을 쳤다. 거의 웃을 일이 없었던 가게 안에서 피에로 같은 오나비 녀석이 있어 주어 가끔 웃음을 쏟아냈다. 포만감이 밀려들면 2층 다락에 올라 숨어버릴 때마다 동철이는 비지땀을 흘려야 했다. 을씨년스런 날씨가 지속되어 오나비의 사무실 침입이 잦아졌다. 녀석의 행동을 유심히 바라보면 항상 의문스러운 부호가 따라붙었다. 대체 머리통에는 어떤 생각이 잠재되어 있는지? 행하는 짓마다 머리로 하는 것인지 발의 움직임에 따라 하는 짓인지? 전혀 예측이 안 됐다. 야아~옹 해가며 슬금슬금 옆걸음을 칠 때면 양상군자 같았고, 네 다리를 다소곳이 모아 놓고 꼬리를 살랑거릴 때면 도덕군자 같았는데, 천방지축 훑고 나댈 때는 파락호로 보였다. 도무지 알다가도 모를 녀석이었다.

고양이는 사람이 운집하는 곳을 피한다는 걸로 여기고 있었지만, 오나비한테는 해당 사항이 아니었다. 어수선한 사무실을 더 좋아했다. 손님 방문이 있을 때면 앞서서 마중해놓고 뜸해지면 무조건 사무실로만 파고들었다. 사무실엔 의자 3개가 있었다. 매장 전면의 사무용 책상 의자는 약간 고급스러웠다. 바닥은 새카만 우레탄 재질이지만 등받이는 망사 원단이었다. 가게의 하루 일상이 망사 원단 의자 앞에서 이뤄져 왔었다. 수시로 손님과 마주치면서 앉고 서기를 반복했다. 최대한 편리성을 고려하여 배치해 놨다. 양편 책상에 마주해 놓은 의자는 밋밋한 검정 우레탄 의자였다. 점심 식사를 끝내면 스스럼없이 사무실로 들어와 장난을 쳐오는 녀석이 몹시 귀찮았다. 사무실 한편에 자리 잡고 있어 주길 바랐지만, 동철이 의자 밑으로 파고들어 우측 앞발로 계속 시비를 걸어왔다. 견디다 못한 동철이는 자신이 사용해온 우레탄 의자를 내주기에 이르렀다. 녀석은 의자 하나를 차지해 놓고 더욱 괴팍한 행동을 자행했다. 우레탄 의자를 내준 동철이에게 일말의 미안함이 없었다. 동철이 자리를 차지해 놓고 오르락내리락하는 것까지는 관여하지 않았다. 아무리 고양이라지만 도저히 이해할 수 없는 짓거리를 해오는 데는 기가 막혔다.

  다음 행동이 너무나 생뚱맞았다. 기껏 내어 준 의자는 하루 만에 무시하더니 사무용 의자인 망사 의자로만 달려들었다. 밋밋한 우레탄 의자보다는 더 값나가는 의자로 교체해달라는 응석인 것만 같았다. 망사 의자에 앉아 있는 재철이의 바짓단을 물고 잡아당기다 무릎 위로 뛰어오르기를 반복했다. 녀석의 끈질긴 괴롭힘을 견뎌내지 못한 재철이는 어쩔 수 없이 의자를 교체해 주었다. 재철이 녀석을 사무실의 전면에 내세운 것은 그럴 수밖에 없는 이유가 있었기 때문이었다. 일종의 세대교체 일환이었고 나는 뒷전으로 물러나 있었다. 재철이의 망사 의자를 차지한 녀석은 사무실을 아예 자신의 영역인 양 여겼다. 그렇게 탐냈던 망사 의자를 차지했지만, 해프닝은 계속 이어졌다. 자신의 욕심을 채워가면서 이상한 행동으로 일관했다. 망사 의자에 오르기 무섭게 엎치락뒤치락 몸뚱이를 비비 꼬면서 뒤틀었다. 조상이 꽈배기 출신인지는 모르지만, 몸뚱이를 계속 꽈배기 형상으로만 뒤틀었다. 비비 꼬는 행동을 지속하여 몸뚱이 털들이 망사 사이사이에 덕지덕지 붙어 있었다. 건조한 사무실에 고양이 털이 날아다녀 미치고 환장할 노릇이었다. 녀석을 쫓아내고 검정 비닐

의자로 교체해 놓으면, 또다시 망사 의자 옆으로만 달려들었다. 의자에 앉아 있는 나와 재철이를 번갈아 앞발로 툭툭 쳐오기를 지속했다. 사전에 계획된 의도라기도 애매했고, 사무실 동료로서 커뮤니케이션을 해 나가자는 시그널이라 여기기도 애매했다. 내 평생에 길고양이에게 이렇게 시달림을 받을 줄은 전혀 몰랐다.

이 자식은 대체 고양이인지 사람인지 구분을 할 수가 없었다. 슬리퍼 세례를 받고 줄행랑을 놓지만, 그마저 잠시뿐이었다. 하루하루 달라지는 골치 아픈 피조물을 처리할 방법이 없었다. 미워하기에는 너무 가까이 다가와 있었다. 골치 아프다고 하여 내다 버릴 수는 없었다. 설령 내다 버린다고 한들 얼씨구 나갈 놈도 아니었다. 화장실 감금은 너무나 가혹할 것 같아서 놔두었는데 마냥 멋대로 행동하게끔 놔두자니 정신마저 산만해졌다.

수시로 망사 의자에서 떼어내 봤지만, 녀석의 완강한 행동엔 슬리퍼 말고는 다른 방법이 없었다. 매일 슬리퍼로 패는 것 역시 한계가 있었다. 세 사람은 폭력을 즐기는 인간이 아니었다. 궁여지책 끝에 두 녀석이 짜낸 지혜를 압축하기에 이르렀다. 우스웠지만 놀이 같은 행위는 비수기로 접어든 가게 일상이라서 가능했다.

나보다는 쌍철이 녀석이 오나비 습성을 더 파악해 내고 있었다. 재철이와 동철이가 짜낸 묘수를 순서별로 정했다.

 녀석을 지치게 만들기. 뺑뺑이 돌리기. 배가 터지게 먹여놓고 활동성을 둔화시키기로 했다. 첫 번째 결론을 시행했다. 녀석은 특이하게 신문지를 동그랗게 말아서 굴리면 눈알이 뒤집혀 지는 형국이었다. 놈의 취향인지 신문지를 무척 좋아했다. 먼저 신문지를 구겨 공 모양을 만들어 놓았다. 약간 넓은 화장실 통로에서 발로 차고 놀기부터 시작했다. 두 철이 녀석이 신문지 공을 서로 주고받고 발로 차면서 오나비 행동을 살폈다. 두 놈 예상은 적중했다. 신문지 공이 움직일 때마다 오나비는 길길이 날뛰었다. 신문지 뭉치를 앞발로 차내면서 굴려 가며 껴안고 나뒹굴기를 계속 반복했다. 얼마나 신이 났는지 데굴데굴 구르면서 신문지 공을 껴안고 놓지를 않았다.

 첫 번째 결론은 두 사람이 먼저 지쳐 갔다. 오나비는 전혀 지치는 기색 없이 놀이 삼매경에만 빠져들었다. 혀를 내둘러 놓고 두 번째 방법을 시도했다. 녀석은 신문지 공굴리기만큼이나 캄캄한 곳에 파고드는 걸 좋아했다. 손님이 부자재 부속을 담아 가는 새카만 비닐봉지를 바닥에 놓고 벌리면, 앞뒤 분별없이 달려들어 무조건 머리통을 처박았다. 그 순간을 이용하여 입구를 조여놓고 사정없이 빙빙 돌렸다. 제법 두꺼운 검정 비닐이 찢겨질 정도로 돌려놓으면, 튀어나온 녀석의 눈동자가 한동안 흐트러져 비틀비틀했다. 재철이가 함박웃음을 지었다. 성공을 확신하며 두 번째 시도를 해봤다. 눈동자가 약간 풀린 상태의 오나비는 물러서는 법이 없었다. 벌어진 검정 비닐을 향하여 거침없이 파고들었다. 찢겨나갈 것을 대비하여 두 장의 비닐로 앞보다 곱으로 돌렸다. 거의 1분이 지나도록 사정없이 돌려댔다. 그러나 튀어나오면 비틀거리기는 했으나 전혀 흔들리지 않았다. 지독한 인내심에 혀를 내둘렀다.

 도대체 오나비 앞에선 백약이 무효인 것만 같았다. 마지막 방법인 배가 터질 정도로 처먹이자며 닭가슴살을 내밀었다. 많이 처먹여 놓으면 자빠져 잠을 자리라는 계산이었다. 녀석이 제일 좋아하는 먹잇감은 한 개 500원의 닭가슴살이었다. 평소에 닭가슴살만 봤다, 하면 거의 걸신들린 놈처럼 먹어 치웠다. 닭가슴살을 한꺼번에 열 봉지를 쌓아 놓고 먹이기 시작했다. 참담한 결과만 안았다. 녀석은 닭가슴살 두세 개를 먹어 치워 놓고 철저히 외면했다. 고양이의 DNA를 모르는 멍청한 행동이었다. 고양이는 아무리 맛있는 음식을 내밀어도 과욕하여 배탈이 나지 않는다는 사실을 망각한 행위였다. 오나비한테는 두 손 두 발을 다 들 수밖에 없었다. 두 놈의 잔머리보다는 오나비의 머리 하나가 항상 앞서 있었다. 두 녀석의 잔꾀로는 녀석의 행동을 잡아나갈 수 없었다. 나는 오나비의 행위를 마음으로 매만지면서 심도 있게 바라봤다.

오나비가 가게에 합류한 지 어느새 8개월이 넘어가고 있었다. 지금껏 녀석의 행동에 초점을 맞춰가며 평가를 해왔었지만, 영물物이라는 말에 일리가 있다는 느낌이었다. 하루하루 자행해온 행실은 사람의 기준과는 거리가 멀었다. 고집불통 일방통행만이 자신의 길이라 여겼다. 안하무인 같은 거침없는 행보에는 양면성을 지니고 있었다. 어느 때는 사람의 심리를 끌어들이는 영민함이 있었고, 어떤 때는 사람 마음을 언짢게 하는 엉뚱한 행동을 드러냈다. 현대인들이 애완동물을 치장하며 애지중지하는 이유를 오나비 녀석이 깨우쳐 준 계기가 되었다. 애완용 개들은 사람 사육에 따라 움직이지만, 고양이들은 달랐다. 이기심이 만연해지는 현상이 바로 이 대목에 있었다. 자신의 지시에 따라 움직이는 대상(애완동물)에게 받아내는 건 위안이 아닌 우월감이었다. 물론 비약적인 생각일 수는 있다. 비약적인 생각이겠지만 일면 수긍이 가는 대목이 있다고 여겼다. 그러니까 배려라는 가면 속에는 의타심이 함께했다. 오

나비의 행동에는 반면교사가 들어 있다는 사실에 나는
머리를 끄덕였다.

15

 늦가을과 초겨울의 경계에 이르면 매년 열리는 축제가 있었다. 행사 때마다 중앙 무대 설치는 가게 출입문에서 15보 안팎이었다. 이름하여 은행나무 축제라 했다. 강북구에서 은행나무 가로수들이 가장 잘 조성된 곳이 가게 앞이었다. 매년 열리는 은행나무 축제는 홍보가 잘 되어 있었다. 축제는 구청이 주관하는 것 같았으나 포장마차 행상과 인근의 유지들 찬조금을 걷었다. 지역 주민을 위한 축제로 포장했는데 실상은 정치 홍보 일정과 맞물려 있었다. 구청장부터 지역 국회의원, 각 당黨 국회의원 예비 후보, 지역 구의원 홍보의 장으로 활용해왔다. 2차선 도로보다 넓은 7백 미터 도로를 차단해놓고 치르는 축제는 매년 장사진을 이뤘다. A급 가수 한두 명을 끼워 놓은 연예인 총출동 마케팅은 잘 먹혀들었다. 인산인해의 차도에는 20~30

여 미터 간격으로 각종 포장마차 행상이 즐비했다. 다양한 포장마차에서 만들어 내는 먹거리가 많은 사람을 잡아끌었다.

먹거리는 풍부하게 넘쳐났고 가수들의 색다른 노래 때마다 술꾼들은 환호했다. 점심 식사 후부터 시작되는 축제는 언제나 어둠이 내려앉은 시간에야 막을 내렸다. 어둠을 안고서야 끝내는 장사진 속의 축제 때마다 눈살 찌푸리는 후유증을 남겨 놓았다. 몇 년을 지속해왔지만, 전형적인 한탕주의만큼이나 처음과 끝이 너무나 대조적이었다. 주최 측이 등한시한 화장실이 항상 지저분한 뒤처리를 남겼다. 낙후된 지역이라서 동내 골목들이 촘촘했다. 어둠이 깔린 골목에는 사람들의 노폐물과 술병, 안주들이 제멋대로 나뒹굴었다. 매년 기획해왔다는 축제치고는 언제나 뒤끝이 엉망이었다. 축제가 시작되면 지역 주민은 눈살을 찌푸렸지만, 이를 반기는 무리가 있었다. 바로 뒷골목을 터전 삼아 살아온 길고양이들이었다. 골목 고양이들은 먹거리가 넘쳐났다. 하이에나만큼이나 이 골목 저 골목을 누비고 다녔다. 녀석들에게 안테나가 있었는지 인근 동내 길고양이 원정으로 이어졌다. 늦가을 은행나무 축제가 끝나면 골목 고양이들 개체 수가 눈에 띄게 많아졌다.

가게 측면엔 미로 못지않게 골목이 이어져 있었다.

행사가 시작되면 가게 주위로 골목 고양이들의 움직임이 수시로 포착됐다. 야생 고양이의 움직임에 따라 오나비의 행동에도 변화의 조짐이 보였다. 골목 고양이들이 수시로 오나비의 집중력을 끌어냈다. 녀석이 출입구에 웅크리고 앉아 밖을 바라보는 시간이 많아졌다. 네 다리를 모아 놓고 꼬리를 살랑거렸다. 어찌 보면 사색 속으로 빠져드는 것 같았고, 내면에서 우러나는 행동인 것도 같았다. 야생종 고양이 두세 마리가 가게 앞을 어슬렁거릴 때였다. 한동안 주저주저하던 녀석이 슬금슬금 밖으로 나갔다. 골목 녀석들과 거리를 두고 느릿느릿 뒤따랐다. 골목 종들은 위계질서가 엄격하여 이방인 접근을 쉬 허락하지 않았다. 꺾어진 오나비의 꼬리가 보행에 약간 지장을 주었다. 네 발로 움직일 때마다 확연히 기우뚱거렸다. 기우뚱거리는 행동은 민첩성을 떨어뜨렸다. 활동에 한계가 있는 매장 안에서만 생활해서인지 야생종과는 현격한 차이를 드러냈다. 골목 고양이 무리는, 오나비의 행동에서 자신과는 다르다는 것을 감지해내는 것 같았다. 녀석이 다가가면 언제나 간격을 벌려 놓았다.

　골목 종과 어울리지는 못했지만, 은행나무 축제 후부터 오나비의 외출이 잦아졌다. 어느 때는 쌓아 놓은 전선 더미에 앉아 십분 이상 해바라기를 해가며 창밖을 주시하기만 했다. 다소곳이 앉아 창밖을 집중할 때면 알 수 없는 아우라가 깃들어 있는 느낌이었다. 녀석은 어떤 고양이와 견주어도 잘생긴 고양이임은 틀림이 없었다. 꺾어진 꼬리가 중심축에 약간의 지장을 주었을 뿐, 완연한 고양이의 면모를 드러냈다. 번지르르 윤기 흐르는 하얀 털과 검은 털의 분배 조화부터 예사 고양이와는 차이가 있었다. 새카만 등줄기에서 변화하는 곡선은 '프레타 포르테'의 우아한 컬렉션을 방불케 했고, 두상에서 갈라친 흑백의 조화 사이에선 은은한 도취를 품어 내왔다. 특히 그윽한 눈빛은 미묘한 야성미를 발산해 냈다. 그뿐만이 아니었다. 인중을 타고 흐르는 하얀 털은 질감의 정서를 이끌었고, 도도하게 느껴지도록 치뻗은 여러 가닥의 흰 수염들이 숭엄한 기를 뿜어냈다. 고양이는 신이 만들어 낸 모든 생명체 중에서, 최고의 걸작이라고 한 말이 결코 과장된 말은 아닌 듯싶었다. 더불어 몸뚱이 삼분의 일을 앞발로 갈라쳐 놓고, 휘감긴 백옥 같은 털 바다는 아기의 배내옷만큼이나 감미로웠다. 녀석의 몸뚱이는 어떤 품위와 함께 디테일한 격조가 함축되어 있었다. 어쩌면 오나비는 자신의 존재를 가장 부각시키는 정점을 자신 내면마저 모르게 만들어 냈는지는 모른다.

  오나비는 변해가는 행동을 야금야금 내보였으나 결

코 조급해 하지는 않았다. 자신의 앞날을 은연중 설계해 가면서 변화를 시도해 나갔다. 신중해 보이는 행동에는 여러 가닥이 엉켜 있었겠지만, 바깥 생활 경험 부재라 여겼다. 자신의 처지와 야생종을 비교해보는 시간이라 여겨졌다. 녀석의 행동을 바라보는 내 마음이 애잔하게 시려왔다. 9개월 가까이 함께한 녀석과의 동거에는 좋거나 나쁨을 떠나 어느 때부터 같은 인격체라 여겨서였다. 녀석이 느끼는 감정이나 내가 겪고 있는 감정이 겹치는 부분이 있었다. 오나비는 바깥 세계였고, 나는 늙어가는 현실 세계였다. 양면의 현실이 맞물려 녀석의 본능을 누구보다 이해할 수 있었다. 깊은 생각에는 사람과 고양이의 관계가 아닌 이성과 맞물린 자연 현상이 함축되어 있었다. 녀석이 하루빨리 제 자리를 찾아 나가길 바랐다.

마지막 가을비가 주르륵 내리던 날 오나비의 외출이 상상외로 길어졌다. 함께 생활하면서 처음 나타난 현상이었다. 그동안의 짧은 외출이 길고양이들과의 교두보를 확장해 나갔을 수 있었다. 어쩌면 본연의 자리에 거의 안착했는지도 모른다는 생각이 들었다. 점심 직전에 사라진 녀석이 해거름이 되었지만 나타나지 않았다. 차가운 비가 휘저어 놓은 골목에는 눅눅한 어둠이 깔렸다. 늦가을 날씨라 하기에는 애매했다. 초겨울은 이

미 턱밑으로 파고들었다. 으스스한 한기에 패딩점퍼가 머릿속을 잠식해왔다. 초겨울의 짧은 해를 차가운 빗방울이 삼켜버려 어둠이 빨랐다. 가게 문을 닫을 때가 됐지만 녀석의 몸뚱이는 보이지 않았다. 설마 어떤 작별도 없이 완전히 사라진 건가, 싶은 생각이 들었지만 이내 바보 같은 망상을 한 것 같아 비릿한 웃음이 쏟아졌다. 길고양이가 아닌 집고양이도 나갈 때는 바람처럼 사라진다는 말을 들어서였다. 더구나 오나비는 집고양이가 아니었다. 여러 생각을 해내면서도 가닥이 잡히지 않음은 녀석을 그만큼 염려한다는 방증이었다.

퇴근 시간이 되어 외박일 거라 단정해 가며, 가게 문을 닫기 위해 밖에 내놓은 진열 자재를 주섬주섬 챙길 때였다. 녀석이 출입문 모서리에서 어둠을 안고 웅크리고 있었다. 실루엣이 깃들어 있는 그윽한 눈망울이 촉촉하게 드러나 보였다. 젖어 있는 눈동자는 몹시 낙담한 표정이었다. 오늘따라 열려있는 가게 안으로 들어오지 않고 맹한 표정이었다. 녀석을 껴안으면서 자세히 살폈다. 까만 콧잔등에 핏물이 맺혀 있었고, 하얀 콧수염 서너 가닥이 잘려져 있었다. 발톱 밑에선 선혈 자국이 선명했다. 옆구리 부분의 검은 털들이 흐트러져 있었다. 가능한 예측이란 골목 종들에게 다가가다 집단 테러를 당한 것이 분명했다. 괜스레 안쓰럽고 짠한 마음이 들었다. 이러한 현상은 어디에서 기인했는지 나는 모른다. 짠한 생각에 겹쳐 늙어가는 내 모습이 함께 엮어지는 느낌이었다. 나 역시 나이 때문에 가끔 다가오는 소외감을 안았다. 녀석을 안고 여자 화장실로 향했다. 화장실에 감금할 때마다 행했던 반항마저 해 오지 않았다. 모든 것이 귀찮다는 듯 축 늘어진 몸뚱이를 이끌고 사료통 앞에 엎드렸다. 골목 종들에게 받은 충격이 상상외로 큰 것 같았다.

  홍역을 치른 프레온가스 반대 운동을 펼쳐 가면서 초겨울을 맞이했는데, 정부에서 또다시 압박을 가해왔다. 이번엔 에어컨 설치 작업 현장마다 필수인 간이 토치 용접용 LPG 판매 전면 금지령 지시를 내렸다. 대체 이놈의 정부 행정은 어느 놈이 주물럭거리는지 바람 잘 날이 없었다. 굵직굵직한 사건은 구렁이 담 넘듯 해 놓고 사사건건 힘없는 자재 자영업을 마구잡이로 흔들어왔다. 고물상 폐자재 오만 원을 지하자금으로 엮어 놓고서, 그마저 부족하여 길길이 날뛰는 하루살이 같은 짓거리뿐이었다.

  대저 자재상이 정부에 어떤 잘못을 했기에 백해무익한 법령만 남발해 내는지 알 수가 없었다. 간이 토치란 실내외 구분 없이 동파이프 용접을 해낼 수 있는 물품이었다. 미국에서 개발하여 산소 용접기 대체 품으로 사용해왔다. 현재 국내용 토치는 대부분 세운상가 형제 냉동 생산품이었다. 성능 면에서 USA 제품을 능가했고, 안정성은 타의 추종을 불허했다. 출고품을 3년 동안 무료 A/S를 해 줄 만큼 공신력을 갖추고 있었고, 동남아 수출품이었다. 품질이 뛰어난 토치를 사용하려면 반드시 600g 무게의 간이 LPG 통이 필요했다. 간이 LPG 통은 USA 수입품이었다. 통에는 안전핀이 장착되어 가정에서 사용해온 부탄가스 같은 위험성은 거의 없었다.

이처럼 편리성을 가진 에어컨 설치 파이프 용접용 LPG 사용 판매 전면 금지령이 내려졌다. 아무리 곱씹어 봐도 답이 나오지 않았다. 에어컨 설치 작업 현장들은 평탄한 장소만 있는 것이 아니었다. 비좁은 곳은 물론, 꺾어진 위치가 옹색하여 구부정하거나 엎드린 자세로 작업을 해야 하는 천태만상인 곳들이 태반이었다. 까다로운 현장 여건에는 토치 작업이 용이한 도구 역할을 해내고 있었다. ABC도 모를 것 같은 행위에는 치사한 음모陰謀론이 있다는 의구심이 들었다. 그렇지 않고서야 백해무익한 규제를 서슴없이 남발해 낼 이유가 없었다.

에어컨 설치 현장마다 유용한 도구 사용을 금지해

버리면, 그에 상응하는 많은 금전 부담을 오롯이 사용자들이 떠안아야만 했다. 에어컨 설치 현장에 간이 토치 같은 간편한 도구가 없다면, 산소 용접기를 사용할 수밖에 없었다. 산소 용접기 역시 산소와 LPG를 함께 사용했다. 공업용 산소는 1미터가 넘는 용기에 무게만 60킬로 정도였다. 무거운 산소통과 LPG를 가정집 현장으로 옮기려면 불필요한 시간보다 비용이 만만치 않았다. 대체 무슨 억하심정으로 엉뚱한 법령을 만들어 풍파를 조장하는지 이해할 수 없었다. LPG와 산소가 혼합된 폭발력은 상상을 초월했다. 어지간한 주택은 박살을 내버리는 위험성이 내재 되어 있었다. 서민과 노동자를 위한 법령은 차고 넘쳤었다. 당장 시급한 법령은 철저히 외면하면서, 불필요한 법령만 쏟아내어 수많은 사람을 혼란스럽게 만들었다. 도저히 이해할 수 없는 정부 처사에 또다시 분개했다. 더욱 가관인 것은 가스공사의 대응 방식이었다. 간이 도치를 사용할 수 없는 제품만 허가해 주었다. 상식을 벗어난 무겁고 투박한 용기들뿐이었다. 바로 이 대목에 암묵적 음모론이 숨어 있는 것만 같았다.

일상생활에 전혀 도움이 되지 않은 법령은 2023년까지 바뀌지 않았다. 몰상식적 법령은 밀수품 형식의 LPG 가스통을 사용하는 현실을 만들어 놓았다. 위정자들이 나라를 다스리는 형태에 따라 범죄 행위 숫자를 달리했다. 나라 이름이 달린 국가마다 대동소이한 현상일 것이다. 유통 산업이 널려 있는 국가는 비상식 현실과 맞물린 정책을 잘 펼쳐야 한다. 기업이나 상인을 찍어 누르기만 한다면 사회 혼란은 가중되었다. 위정자들이 아무리 머리를 짜내어 봐야 등짝은 볼 수가 없듯이 그 틈을 활용하는 사람이 있었다. 장사로 먹고 살아가는 인간들이었다. 장사란 속성은 이윤 앞에선 나라 기둥까지 파먹는다. 편법 정도는 기본이었고 밀수를 감행했다. 장사 이윤 앞에서는 목숨을 거는 행위를 서슴지 않았다. 일련의 현실은 동서고금이라 하여 다르지 않았다.

전국 유통 금액이라야 불과 억 단위가 될까 말까 하는 LPG 토치 통 판매 불가 정책은, 자영업 가슴만 멍드는 게 아니었다. 현장에서 작업하는 실무자와 사용자들이 부메랑 효과를 안아야 했다. 한 통에 6천 원 했던 USA LPG 통 규제로 인해 밀수품 중국산이 2만 원으로 치솟았다. 36년 가까이 자영업을 해왔지만 이처럼 불필요한 정책은 처음 겪는다. 나라 정책이란 장기적인 안목을 내다보면서 일관성이 있어야 한다. 맹목적인 일자리 창출과 허울로 뒤집어쓴 정책은 임기응변에 불과했다. 수시로 변하는 정책에는 많은 허점이 함축되어 있었고, 그 허점을 악용하는 군상들은 넘쳐났다.

　이기심이 만연해버린 서울 도심은 갈수록 화려한 나날만을 갈구해 나가고 있었다. 서울의 초겨울은 자연의 법칙과는 동떨어진 세상이었다. 추위를 알리는 전령은 서리에서 시작됐지만, 서리보다는 얼음이 먼저 얼었다. 서리마저 드러나지 않은 추위는 목깃으로 스며들었다. 노란 은행잎들이 보도블록을 뒤덮고 차도 위로 쌓여 갔다. 은행나무 열매가 쭈글쭈글하게 일그러져 앙상한 나뭇가지에 대롱거릴 시기면, 어김없이 눈발이 날렸다. 공평한 눈은 높고 낮음을 가리지 않았으나 주머니마저 가벼운 서민에게는 정겨운 손님이 아니었다.
　겨울이라는 계절은 서민뿐만 아니라 자재 자영업자에게도 달갑지 않은 나날이었다. 가난을 벗 삼아 가며 살아가는 사람의 겨울나기는 이중 삼중의 고통을 안겼다. 자재상 주위에 밀집된 오래된 주택은 보온이 허술했다. 난방비 부담에 시린 손 비벼 보지만, 기름기 마른 창자를 안은 몸뚱이는 차가운 한기에 닭살이 솟구쳤다. 차가운 겨울은 연말연시를 늘 함께했다. 이 시기면 두드러지게 눈에 띄는 녀석들이 있었다. 길고양이들이었다. 길고양이도 겨울 추위를 견디어 내기 위한 사전 포석을 해 나가는 시기라 여겨졌다. 차가운 계절이면 체감온도만큼 느껴지는 현상이 있었다. 인심마저 냉랭해지는 분위기 때문이었다. 인심이 냉랭한 불경기가 기승을 부리는 연말 시기엔 호황 업소들이 나타났다. 먹거리 음식점들이 맞이하는 반짝 경기였다. 아무리 불경기라며 호들갑을 떨어봤자 언제나 대동소이했다. 잠깐의 호황이 매년 눈살을 찌푸리는 현상을 만들어 냈다. 음식점마다 넘쳐나는 음식 쓰레기였다. 세상은 음과 양이 공존하듯 언짢은 일상을 반기는 녀석들이 있었다.

음식점에 음식물 쓰레기가 쌓이면 뒷골목 고양이들은 겨울나기 영양 보충을 했다. 길고양이는 호시절로 여기겠지만 한순간에 생사가 달라지는 실상과 함께했다. 야금야금 파고드는 추위는 배가 부르다고 하여 해결되는 것만은 아니었다. 쓰레기통 음식 잔여물로 배를 채운 길고양이들은 포만감에 취했다. 포만감은 사람이나 고양이나 아늑한 곳을 원했다. 차가운 길거리의 아늑한 곳이란 주차 되어 있는 자동차 하부가 대부분이었다. 기온이 뚝 떨어지는 저녁이면 식당 주위에 주차된 자동차엔 엔진 열기가 남아 있었다. 뒷골목 고양이가 추위를 피해 자동차 엔진 부근의 따스함에 이끌려 졸다 변을 당하기도 했다. 좌측 건너편 카센터에서 부동액 교체 시 자동차 엔진 부근에 죽어 있는 고양이를 발견했다. 어쩌면 회색 도시에선 야생의 법칙을 자동차들이 대신해 나가고 있는지도 모른다. 뒷골목 고양이 개체 수의 조절을 말이다.

연말 식당가 주위로 골목 고양이들의 출몰이 지속되면서 오나비의 오감을 자극했다. 한 달 전쯤 골목 고양이한테 당한 집단 구타는 녀석의 기억 속에 어떤 의미로 남았을까. 종족의 따돌림을 받았다지만 환영幻影으로 배어 있는 종족의 냄새는 잊지 못하는 것 같았다. 자신의 이상향을 벗어난 영역의 삶이란 보리 껍질만큼이나 가벼운 삶일 수도 있을 것이다. 녀석의 행동에는 그럴 것 같은 기미가 여실히 드러나 보였다.

쌀쌀한 바깥 날씨와 달리 가게 안은 포근했다. 에어컨 난방기가 가동되어 있었고, 남향 건물의 유리창 면적이 넓었다. 겨울 햇살이 가게 안을 파고들 때마다, 오나비는 밖이 훤히 드러나 보이는 CV 전선 더미 위로 올라갔다. 무료한 해바라기를 해가며 동공은 항상 밖을 향해 바라보고 있었다. 앞 뒷발을 가지런히 모아 놓고 꺾어진 꼬리를 살랑거리면서 창밖을 바라보는 녀석의 행동에는, 드러나지 않은 동경憧憬의 세계가 펼쳐져 있는 것만 같았다. 안쓰러운 마음에 가게 출입문을 활짝 열어 놔 봤었다. 무반응을 내비친 녀석에게 있어,

야생 고양이와의 거리는 요원遙遠해 보였다. 요원해 보이는 것처럼 내비쳤지만 속내까지는 숨기진 못했다. 은연중에 움찔거리는 행동이 드러나 보였다. 골목 종들의 이동이 있을라치면 꼬리에 힘을 가하면서 뭔가에 골몰하는 모양새가 됐다. 어느 땐 침착해 보였고 어느 때는 턱을 먼저 내밀었다. 자신 행동을 철저히 숨겼다기보다는 들어 나지 않는 두려움을 안고 있는 행동으로 보였다. 어쩌면 지난 집단 테러의 잔영을 털어 내지 못한 것 같았다. 알쏭달쏭한 행동을 해가며 하루 이틀 사이에 가끔 외출하는 횟수가 늘어나기 시작했다. 5분, 10분이던 외출이 30분, 한 시간으로 길어지더니 하루는 외박을 감행했다.

 나는, 오나비의 행동을 유심히 관찰해가면서 부디 자신이 원하는 삶을 영유해 나가길 바랐다. 물론 바깥 날씨는 차가운 계절이었다. 차갑든지 뜨겁든지 자신이 원하는 이상향 앞에서 날씨는 걸림돌은 아닐 거라 여겼다. 진정한 자유를 찾아 나서는 길목에는 계절이 없는 것이다. 자연에 순응하는 삶에는 계절 따위는 하나의 부산물 같을 거라는 생각이 들었다. 오나비 몸에서는 분명한 야성의 본능이 살아 있음이 수시로 감지되었다. 녀석이 고분 거리면서 꼬리를 살랑일 때는 엉뚱한 생각을 해 봤다. 행여 녀석을 순치馴致시킬 수만 있다면 하는 생각을 해 봤지만, 순치될 녀석이 아니었고 순치시켜 나갈 방법이 없었다. 그러므로 현명한 방법이란 바깥세상을 향해 내보내는 방법뿐이었다. 녀석의 자립심은 골목에서 찾아야 했고, 잦은 외출만이 자신의 시야를 넓힐 것이라 여겼다. 더딜 수 있지만 골목 패거리들과 자주 접근하게 만들어야 했다. 접근은 교감의 신호라는 생각 때문이었다. 환경의 거리감은 자주 접촉하여 보디랭귀지로 친근감을 만들어 가면서 좁혀 가는 일인 것이다.

16

 나의 일생에 있어 야생 고양이와의 희한한 동거가 심오한 삶의 지평을 만들어 놓았다. 반세기를 훌쩍 넘긴 꼰대가 살아온 진부한 삶에 변화의 바람을 넣어 준 것만큼은 사실이었다. 지금도 나는 순응주의자에 가까운 인간이라 여긴다. 근 36년 세월 동안 몸속에 응고된 장사치의 득실만 안고 살아왔기 때문이었다. 나는 이타심을 안고 살아가기엔 부족한 속물이라 여겨왔다. 불과 서너 달 전에는 오나비에게 잘해 준 것만 기억했다. 나는, 지금껏 집착을 안고 살아온 아상我相의 뿌리를 뽑아내지 못한 인간과 다를 바 없었다. 시대 흐름의 변천보다는 하루 열 시간 정도의 근로는 타당하다고 여기고 있기 때문이었다. 아집 같은 내막에는 그나마 이 정도로 살고 있음에 감사했다. 주위에는 나보다 어려운 사람들이 수두룩해서라 여겨서였다. 굳이 변명

한다면 나는 나의 분수를 자각하고 있어서다. 그럼에도 내 주장이 극구 옳다는 뜻은 아니다. 현대의 젊은 이들은 자신의 지식과 지혜를 젊었을 때 집중투자 해서 중년 이후의 삶을 더욱 보람차게 형성해 나가길 바라서다. 재차 강조하지만 어렵다고 여기는 일에는 반드시 황금가지가 있다는 사실을 망각하지 말라는 당부다.

언제나 그리 해왔다는 듯 오나비는 자신의 신변 주위 변화에는 무감했다. 아침 출근과 동시에 화장실 문이 열리기 무섭게 손님 앞으로 뛰어들었다. 꼬리를 흔들고 발라당 나자빠지면서 바지 밑단을 물어 놓고 도망 다니며, 하루 11시간을 만들어 나갔다. 10월 말에서 3월 말까지는 근무 시간을 한 시간 단축한다는 안내문의 약속이, 오나비 녀석의 감금 시간을 13시간, 토요일은 14시간으로 만들어 놓았다.

점심시간이 가까워지면 어김없이 솜사탕 같은 햇살이 가게 유리창을 뚫고 밀려들었다. 햇볕이 내리쬐는 창 너머로 길고양이 두 마리가 어슬렁거렸다. 녀석들은 꼬리를 치켜세워가며 여유롭게 해바라기를 하는 것 같았다. 창 너머 철물점 골목에서 또 한 마리가 나타났다. 만날 장소를 미리 정해 놓은 듯해 보였다. 전선 더미 위에서 창밖을 살피던 오나비가 출입문 입구로 다가갔다. 주춤주춤하던 행동이 돌변하여 재빠르게 길고양이 앞으로 달려 나갔다. 달려는 나갔으나 거리를 두고 꼬리만 흔들었다. 녀석의 꼬리 흔들림을 길고양이 무리가 반기는 것은 아니었다. 두 녀석은 매정하게 오나비를 따돌려 놓고 일정한 거리를 만들어 나갔다. 오나비는 자석에 이끌리듯 무리를 뒤따르기만 했다. 혹여 또다시 집단 폭행을 당할까 봐 자세히 살폈다. 길고양이들은 어떤 형색을 감지하고 있었다. 자신들의 종족임을 확인하는 절차인 듯한 행동 같았다. 오나비의 외모를 읽었다는 듯 적개심은 없어 보였다. 두 녀석은 앞서 나갔고 한 녀석이 오나비를 잡아끄는 행동을 수행해내고 있었다. 오나비는 뒤돌아보면서 종종걸음으로 거리를 점점 좁혀 나갔다. 일행들을 따라 골목을 향해 자취를 감추었다. 어색한 어울림이었지만 두세 번만 반복이 된다면 거리는 점점 좁혀 나갈 거라 여겨졌다. 오나비가 골목 종들을 따라나선 지 한 시간이 지나도록 나타나지 않았다. 좀 놀다 오겠거니 했는데, 어둑어둑해졌지만 돌아오지 않았다. 은행나무 축제 직후 길고양이들의 집단 폭행 사건이 있어서 걱정스러웠다. 퇴근 시간이 다가왔으나 녀석은 코빼기도 내밀지 않았다. 가게 문을 닫기 직전에 골목 몇 군데를 훑어보았다. 텅 빈 골목에는 적막감만 흘렀다. 며칠 전에 처음 외박했을 때, 아침에야 돌아왔었다. 이제부터는 그럴 수 있으리라 여겨가며 가게 문을 닫았다.

다음 날 출근하여 가게 문을 열어 놓았다. 가게 출입문이 열려있었으나 한 시간이 지나도록 녀석의 모습은 코빼기도 보이지 않았다. 완연한 겨울이 발목에 감겨서, 드문드문 나타나는 아침 손님의 방문이 끝났다. 한가해져서 커피를 마셔가며 시계를 봤다. 오전 10시가 지나고 있었다. 크리스마스를 넘기고 나서야 눈 같은 눈이 쏟아져 내렸다. 함박눈은 쌓이기 전에 녹아내렸다. 질척이는 골목이나 가게 앞 인도에는 고양이들이 얼씬거리지 않았다. 아마 질척이는 날씨 때문일 거라 여겼다. 점심 식사 시간이 지나쳤어도 오나비는 돌아오지 않았다. 녀석과의 동거가 시작된 이래 이렇게 기나긴 외출은 단 한 번도 없었다. 오나비에게 있어서 바깥 세계란, 눈에 보이지 않은 슬레이어(살인자)들이 즐비할 것만 같았다. 어쩌면 어제부터 길고양이 무리와 보편성의 동거가 시작되었는지 모른다. 그렇다면 다행일 수 있다는 생각이 들었다. 그토록 오매불망해왔던 꿈을 이루길 바랐다.

오후로 들어서면서 회색 하늘이 음습한 기류에 뒤덮였다. 날씨 탓이었을까? 어색한 허전함이 밀려들었다. 이런 것이 사람 심리였든지 오나비의 빈자리가 공허하게 다가왔다. 녀석이 그렇게나 기를 쓰고 차지했던 망사 의자만 덩그렇게 놓여 있었다. 의자에는 어설픈 형체도 없는 쓸쓸함이 맴돌았다. 참 알 수가 없는 것이 사람 마음이었다. 그토록 갈망하는 자유를 주고 싶었는데, 하루가 지나치기 전에 녀석의 행복보다는 걱정이 앞섰다. 준비 없는 이별 탓이었는지도 모른다. 그동안 겪어온 장사 속성 때문이었든지 나는, 냉정할 때는 너무 냉정하다는 비판을 받아왔다. 비판에는 모진 세월을 견뎌 내면서 자수성가한 여정이 하나의 원칙을 만들어 놓아서였다. 끊고 맺음에는 망설임이 없었다. 사람과 사람 관계를 이렇게 해왔었는데, 하물며 길고양이에게 연민을 가졌다는 것이 우스꽝스럽기만 했다. 어떤 형태의 작별이건 긴 여운을 남기는 것은 내가 지금껏 살아왔던 생리와는 맞지 않았다. 다만 말을 할 줄 모르는 짐승이라서 멋진 말로 잘 살아라 못함이 아쉬웠는지 모른다. 훌훌 털어 버리고 녀석의 앞날에 축복이 있기만을 바랐다. 생각이 길어지면 꼬리만 고무줄이 되어 늘어난다고 여겼다. 이런저런 생각에 이르자 만감이 교차했다.

인연이란 함부로 맺는 것은 기만일지 모른다. 불가에서 억겁이란 무한한 시간을 말하지만, 그런 건 수행자들이 쏟아내는 헛소리라 여겨왔다. 항상 나는 현실을 중요시했고 현실만을 사실로 받아들였다. 무신론을 자랑으로 여기지는 않았으나 기복성 같은 건 없다고 여기는 인간이었다. 이러는 내가 부활이나 윤회輪廻에 집착할 리가 없었다. 나는 철저한 실용주의자일 뿐이었다. 상념을 안고 내 사고만을 생각해 내던 와중에도 눈에 밟히는 것이 있었다. 오나비 녀석이 날이면 날마다 눈에 불을 켰던 닭가슴살이었다. 오백 원짜리 닭가슴살 7~8개가 사무실 선반 위에 덩그러니 놓여 있었다. 예부터 집 나갈 놈은 사전 준비를 철저히 한다. 했는데, 오나비는 그런 준비성마저 없었다. 이런 것이 사람과 동물의 차이라면 차이일 것이다.

그동안 녀석과 지내왔던 나날들을 빨리 지워내지 못해서 우수憂愁를 떨쳐내지 못했다. 집착은 아니라면서 부정하고 싶었지만, 가슴 한편에는 이상한 형상이 지워지지 않았다. 방편이 없는 상상 행위는 점점 나약해지는 심사만 같았다. 동철이를 불러 놓고 닭가슴살을 넘겨주면서 주절주절했다.

"동철아. 그동안 어찌 됐든 오나비 녀석이 앉을 자리를 찾아간 것 같구나. 잘살아가길 바라면서도 뭔가 편치 않은 생각이 든다. 녀석이 멍청하다 여기지는 않지만, 사람이 아닌 동물이라서 제 놈 먹을 것을 다 못 먹고 가버린 것 같아 그런다. 너는 녀석이 잘 돌아다니는 길목을 어느 정도는 알 것 아니냐. 고양이용 닭가 슴살이 여덟 개나 남았구나. 평소에 잘 돌아다니는 길목에다 놓아주었으면 한다."

성급한 판단 같았으나 그래야만 마음이 편할 것 같았다. 이제 길고양이 세 마리와 어울리기 식전에 뒤돌아보던 녀석의 행동에는 어떤 미련이 남아 있어 보였다. 두 녀석 역시 오나비의 행방을 자못 궁금하게 여기고 있었다. 닭가슴살을 넘겨받은 동철이 얼굴이 그늘져 보였다. 그럴 수 있으리라 여겼다. 내가 바라보는 오나비와 두 녀석이 바라보는 생각에는 차이가 있겠지만, 어떤 서운함은 같을 거라는 느낌이었다. 나는 오나비를 고양이가 아닌 하나의 존재 위에 얹혀서 생각했고, 두 녀석은 애완용 동물로 여겨왔었다.

가게 안에서는 동철이와 오나비의 밀접도가 가장 가까워 녀석을 다그쳐 봤다. 겨울 날씨라지만 살갗이 에이도록 춥지는 않았다. 낮 기온을 삼켜버린 겨울이 아니었다. 왕창 쏟아질 것 같았던 눈발이 듬성듬성 내렸다. 땅에 닿은 눈들이 녹아서 질척이는 골목길은 칙칙하기만 했다. 닭가슴살을 움켜쥔 동철이는 오나비의 동선을 더듬었다. 가까운 골목부터 살폈으나 녀석은 자취를 남기지 않았다. 후문과 주차장의 냉동 보온재를 더듬었지만 어떠한 흔적이 없었다. 어둠이 내려앉은 이곳저곳을 세심하게 살폈다. 동철이는 자신이 예상했던 밑그림을 몽땅 꺼내 들었다. 마지막 닭가슴살 한 개를 손에 쥐고 골목과 반대편으로 향했다.

가게와 가까운 오리고기 전문 식당 주위는 길고양이 출현이 잦았다. 동철이가 오리고기 식당 2층에 있는 여관 지하 보일러실 계단을 밟기 시작할 때였다. 컴컴한 계단 밑에서 가녀린 신음을 느꼈다. 소음이 차단된 지하실 계단이 아니었다면 감조차 잡을 수 없는 기척이었다. 흐릿했던 두 발짝 계단 밑에 오나비가 널브러져 있었다. 오나비 앞으로 다가선 동철이는 빳빳하게 굳어지기 시작했다.

녀석은 계단 한편에 사지四肢를 늘어트린 채로 내팽개쳐져 있었다. 온 전신에는 노폐물이 휘감겨 고약한 악취만 진동했다. 눈알이 감겨 있었고 네 발을 완전히 늘어트려 놓은 상태에서 마지막 숨을 토해내는 듯한 몰골이었다. 혓바닥을 반쯤 빼어낸 입 언저리에서 끈적이는 투명 액체들이 질질 흘러내렸다. 항문 부근에선 썩어 문드러지는 지독한 냄새만이 진동했다. 턱을 받치고 있는 앞다리 주위에는 푸르스름한 이물질이 계단을 적시고 있었다. 처참하다 못해 끔찍한 형상이었다. 형언할 수 없는 참담한 상태에서 숨이 붙어 있다는 것 자체가 기적이라는 말밖에 나오지 않았다.

눈동자가 변해 버린 동철이는 수건부터 챙기기 위해 사무실로 뛰어왔다. 재빨리 뛰어나가 송장 같은 녀석의 몸뚱이를 수건에다 말아 감았다. 동철이와 나는 주저 없이 동물병원을 향해 뛰었다. 500여 미터의 동물병원이 오늘따라 십리 길보다 더 멀게만 여겨졌다. 축 늘어진 오나비의 맥박은 눅진해진 어둠 속으로 스며들었다. 감겨 버린 눈망울이 작별 인사를 해오고 있었다. 그윽한 눈망울 주위가 온통 물안개로 휘감겼다. 스테인리스의 차가운 수술대 위에 축 늘어져 있는 오나비의 몸뚱이를 이곳저곳 세심히 살펴보던 동물병원 의사가 입을 열었다.

"차마 눈 뜨고 못 볼 정도로 참혹합니다. 지금껏 목숨이 붙어 있다는 사실 자체가 믿겨 지지 않습니다. 누구 짓인 줄은 모르지만 해도 해도 너무 했는데요. 지독해도 너무나 지독한 구타를 당했습니다. 구둣발로 아랫배를 짓이겨 놔서 창자들이 파열되어버린 것만 같습니다. 뒷다리 근육 파괴 역시 너무 심한데다, 특히 갈비는 다 으스러져 버린 상탭니다. 전혀 가망이 없어 보이지만 꼭 수술을 원하신다면 4백만 원 정도는 들어갈 수 있습니다. 하지만 문제는 비용이 아니라 수술 결과를 확실하게 보장할 수 없다는 겁니다."

의사가 쏟아낸 말 앞에서, 얼굴색이 노랗게 변해 버린 동철이의 면상이 일그러질 대로 일그러져 가고 있었다.

 "그럼 어떻게 해야만 살려낼 수 있겠습니까?"

 오나비의 처참한 몰골을 바라보면서 뱉어내는 나의 질문에 의사는 주사기를 들고 망설이면서 재차 말해왔다.

 "사장님께서 수술비를 부담하시겠다면 수술을 시도는 해 보겠지만 난감하기만 합니다. 자신 있게 소생시킨다는 말씀을 드릴 수가 없어섭니다. 녀석의 상태가 너무나 좋지 않습니다. 어쩔 수 없지만 운명은 하늘에 맡기고 기다리는 것이 한 가지 해결책일 듯합니다. 고양이라지만 생명만큼은 살려내야 하는 의사로서 말씀드리기가 민망합니다만, 솔직히 자신이 없는 것 또한 사실입니다."

 의사는 동어반복을 쏟아내면서 안타깝다는 표정이었다. 동철이와 나는 더 이상의 반문을 할 수가 없었다. 오나비의 상태가 초주검 형태를 유지하고 있어서였다. 오나비의 몸뚱이에 무슨 주사를 놓고 있는 의사에게 동철이가 말했다.

 "선생님, 이 녀석이 어쩌다 이 지경까지 됐을까요?"

 녀석의 몸에서 주사기를 뺀 뒤 의사가 대답해왔다.

"아기 때부터 사람 손에 길들여온 고양이들은 모든 사람을 적으로 생각하지 않습니다. 어미젖보다는 사람 손 냄새에 길들었기 때문이기도 하지요. 많은 사람을 접촉해온 녀석이라서 이 녀석은 낯선 사람 앞에서 재롱을 부리려고 바짓가랑이 옆으로 다가가 뒤로 발라당 자빠졌을 겁니다. 그렇지만 현실 사회는 캣맘들을 증오하는 사람이 더러 있어서 잔인한 린치 사고가 종종 발생하고 있답니다. 매스컴에서 밝혔듯이 심지어 석궁을 가지고 고양이를 사냥하는 세상이랍니다."

무척추동물로 변해 버린 오나비는 어떤 움직임이 없었다. 녀석의 몸에서는 계속하여 알 수 없는 악취만 풍겨 나왔다. 축 늘어진 몸뚱이는 미세한 숨소리마저 내보내지 못했다. 체온이 점점 차가워져 마지막 작별을 고해오는 느낌이었다. 동물병원에서는 더 이상 살펴야 할 곳이 없었다. 늘어진 몸뚱이를 또다시 수건에 말아 감는 동철이를 보면서 내가 재차 말을 했다.

"선생님, 이제는 혹여 저 녀석이 살아날 가능성은 거의 없다고 여기고 있는 겁니까?"

주사기를 간호사에게 넘긴 의사가 어두운 표정으로 말했다.

"함부로 판단하긴 어렵습니다. 제가 드리는 말씀은 지금까지의 경험을 바탕에 두고 하는 말입니다. 확률적으론 10% 정도도 안 될 걸로 여겨집니다. 다행이라면 가장 중요한 머리만큼은 치명상을 입지 않았다는 것입니다. 하지만 몸뚱이는 거의 절망적입니다. 설마 해 가며 항생제 주사를 놓았습니다만, 결과를 예단하지는 못할 것 같습니다."

 의사를 향해 더는 물어볼 말이 없었다. 고맙다는 인사를 남겨 놓고 축 처진 채로 늘어져 있는 녀석을 안고 가게로 돌아왔다. 처참하게 죽어 버린 것 같은 오나비를 바라보는 재철이의 눈시울이 붉게 변해 있었다. 연민이란 인간만이 나타낼 수 있는 현상일 거라 여겼다. 재철이 녀석이 재빨리 움직이기 시작했다. 여자 화장실 한편에 400x400 전기온돌 판넬을 설치했다. 마침 가게에서 전기온돌 판넬은 10년 넘게 취급해온 품목이었다. 판넬 온도를 미지근하게 조절한 뒤 담요를 깔아 놓은 다음에야 녀석을 눕혔다. 녀석에게 해 줄 수 있는 유일한 수단이란 이 방법뿐이었다. 이제 남은 몫은 녀석이 살겠다는 의지 말고는 아무것이 없었다. 담요 위에서 미동이 없는 오나비를 바라봤다. 어쩌면 이 녀석에게는 인간에게 길들어진다는 현실이 인간 통제 범위를 벗어나지 못할 것 같은 그대로의 고통이었을 것이다.

공존 속에서 함께 살아간다는 세계 속의 도시, 서울이라는 거대 도시의 부스러기 같은 '익명성'이 남겨 놓은 상처라기에는 녀석이 너무나 가엾게만 여겨졌다. 돌이켜 생각해 보면 녀석과 지금껏 지내왔던 시간은 애증을 안고 교감해 오면서, 서로 공존해온 시간이라 여겨졌다. 전혀 예상치 못했던 현실은 꿰매기 어려운 상상의 조각들을 만들었다. 그냥 헤프게만 여겨왔었던 순간들이 뭔가 만들어 놓기 위한 하나의 순서만큼 이어져 왔었다.

오나비가 현재의 현실 속에 있기까지는, 사람들과 함께해온 10개월 동안의 공존이 영향을 주었을 것이다. 나의 자숙이 폭넓은 의식을 만들어 냈는지 오나비를 하나의 인격체로 여기기 시작해왔었다. 사랑이란 반드시 남녀 간의 문제만은 아니었다. 고독과 격리, 환희와 역경이 순환하면서 사람과 동물일지라도 더 나아가 우주와의 교감을 끌어안을 수만 있다면, 깨달음이란 부차적인 것은 아닐까 한다. 폭넓은 시간에는 영속성과 함께 반복된 사색과 깨달음, 번민이 겹쳐 있었다. 매 순간 어울리면서 수긍하다 보면, 결국 소통의 구조가 원활해지는 것은 당연지사가 아닐는지. 혼탁한 머리가 무겁기만 했다. 화장실과 매장 구석구석에는 온갖 헛것이 덕지덕지 엉겨 붙어서 꾸물거리고 있었다.

밖으로 나왔다. 으스스한 밤의 대기가 목깃 속으로만 파고들었다. 흡연 욕구가 솟구쳐왔다. 가게 앞 차도를 따라 양편에 줄지어 서 있는 은행나무들이 추위에 떨고 있었다. 바로 코앞의 은행나무를 감싼 느티나무 원탁 쉼터가 유난히 넓어 보였다. 원탁 쉼터에 남겨진 잔영이 선명했다. 바로 이 자리에서 두어 달 전에 오나비 녀석이 똥파리들과 유희遊戲를 즐기고 있었다. 사건의 발단이 이곳에서부터 시작된 느낌이었다. 천국과 지옥은 한곳에 공존하는 것일까? 녀석의 천국 같았던 이 자리가 사건 발단의 빌미가 되었다면 모순된 부조화인 것만 같았다.

그렇더라도 아마 녀석은 이 장소에 앉아 있던 술에 절어 있는 행인이거나, 조현증이 있는 사디스트를 상대로 재롱을 떨고 싶었을 것이다. 네 다리로 허공을 향해 추켜올리며 흰 수염을 나불거려가면서 즐거운 얼굴로 '나만 바라봐'를 했을 것이다. 혹여 하얀 뱃살을 쓰다듬어 준다면 바짓가랑이를 물어 놓고 행복을 만끽하고 싶었을 것이다. 사랑의 포만감 느끼고 싶어서 새로운 손바닥의 향취에 취해보고 싶었을 것이다. 열 달 동안이나 매만져주던 동철이의 손보다는 꼰대의 애증보다는, 색다른 변화를 만끽해 보고 싶었을 것이다. 하지만 상상의 나래가 머릿속에 와 닿기도 전에 아랫배를 짓이기는 무시무시한 고통이 가해졌을 것이다. 무지막지한 발길질에 대장이나 소장 어느 곳이 터지면서 핏똥물을 쏟아내지 못했다면, 그 자리에서 즉사했을 것이다. 끽끽거리면서 마지막 사투를 벌여가면서, 자신이 잘 알고 있는 모텔 보일러실까지의 20여 미터를 삶의 쟁점으로 생각했을 것이다. 그 순간만큼은 생의 본능적인 행동에 이끌려 보일러실 온기가 마지막 희망으로 다가왔을 것이다. 한 발 한 발 옮길 때마다 생의 마지막 끈이 앞발을 잡아당기는 거미줄 같았을 것이다. 온기 있는 모텔 보일러실 계단에 다다랐을 때는 모든 것을 내려놔야만 했을 것이다.

묵직한 추위가 목깃으로 파고들어 맹한 콧물이 흘러내렸다. 무자비했을 것 같은 환상의 잔영을 털어 내기 위해 가게로 돌아왔다. 퇴근 시간이 지났으나 두 녀석은 침울한 표정이었다. 하긴 어찌 그렇지 않겠는가? 자그마치 10개월 동안이나 한 공간 안에서 함께해온 녀석이었으니 당연한 결과일 거라는 생각이었다. 퇴근하기 전에 오나비가 늘어져 있는 여자 화장실 문을 열어 봤다. 화장실 철문을 여닫는 큰 울림이었지만 녀석은 미동조차 하지 않았다. 물먹은 솜이 되어 버린 몸뚱이는, 이 세상에 대한 아무런 미련이 없는 듯해 보였다.

겨울이었지만 보온이 잘되어 있는 탓이었는지, 어쩌다 한두 마리 눈에 띄던 모기가 떼거리로 몰려들었다. 겨울 모기들이 오나비의 상처를 파고들어 집요하게 달라붙었다. 모기도 사람들에게 살인자라는 죄명을 덮어씌우고 싶었는지 모른다. 모기 퇴치제를 살포해 놓고 퇴근할 수밖에 없었다. 집에 도착하여 저녁 식사를 끝냈지만, 쉬이 잠은 오지 않았다. 눈만 감으면 확실하지 않은 환영이 어른거리기 때문이었다. 끽끽거릴 것 같은 녀석의 숨소리만이 귀를 후벼 파왔다. 소주 한 병을 맹물처럼 입안으로 털어 넣었다.

다음날 출근하자마자 오나비 상태를 살폈다. 녀석의 몸뚱이에선 역겨운 냄새만 진동할 뿐, 꼼지락거린 흔적이란 눈을 씻고 봤지만 보이지 않았다. 오전과 오후를 전후하여 들락거렸지만 진종일 늘어져 있기만 했다. 혹여나 해가면서 재차 요모조모 꼼꼼히 살펴봤으나 털 하나 꿈틀거린 흔적이 없었다. 퇴근 시간에 앞서 재차 살펴봤다. 어젯밤처럼 모기떼가 달라붙었을까 봐 세심하게 더듬었다. 녀석은 호흡이 끊겨 버린 듯했다. 계속 풍겨 나오는 고약한 악취 때문에 코를 가까이 들이대지 못했다. 혹여나 했던 하룻밤을 지새우기가 질기기만 했다. 사지를 늘어트린 지 이틀이 됐지만 어떠한 변화도 없었다. 이런 형태라면 필시 두 가지뿐일 거라 여겼다. 살아남으려는 의지이거나 포기일 것이다. 어쩌면 망각의 강 건너에서 우리들의 행위를 바라보고 있을는지도 모른다. 레테의 신화 이야기가 떠오르자 나는, 그곳만큼은 '여자 화장실'이 없기를 바랐다.

17

 녀석을 판넬 위에 눕혀 놓은 지 3일이 되었다. 마찬가지로 어떠한 변화가 감지되지 않았다. 3일 전에 눕혀 놓은 형태만 그대로 유지해내고 있었다. 가게가 한가한 시기라서 두 녀석과 나는 수시로 여자 화장실을 들락거렸지만, 사지를 늘어뜨려 놓은 첫날의 형상에서 1밀리의 이동도 드러나지 않았다.

 깨어나기를 바랐던 일말의 기대감이 점점 희미해져왔다. 우리들의 목마름과 달리 오나비는 마냥 지독한 악취만 쏟아낼 뿐이었다. 몸뚱이 어느 한 곳이 썩어들어간다는 사실을 인지시키려는 것만 같았다. 초조함을 안고 보내는 3일이란 결코 짧은 시간이 아니었다. 다행이라면 가게를 들락거리는 손님들이 있어서 기다림의 시간만이 무심하게 잘려 나갔다. 잘려 나간 시간은 부스러지고 있었다. 부스러지는 시간마다 오나비의 영혼이 나풀거렸다.

 하루 종일 침울해 있던 재철이와 동철이는 자신들의 생각이라며 털어놓았다. 녀석의 생이 이대로 끝난다면 처음 발견했던 장소에다 매장해주자는 의견이었다. 나 역시 동의했다. 주차장 시멘트 바닥을 깨고서라도 그리할 생각이었다. 4일째의 아침이 되었지만 달라진 것은 없었다. 이제는 녀석의 안식을 바랄 뿐이었다. 나는 두 녀석 몰래 냉동 보온재가 쌓여 있는 주차장 바닥을 짓밟아 봤다. 보온재 밑의 시멘트 바닥은 생각보다 두껍지는 않게 여겨졌다. 점심을 끝내 놓고 화장실을 살펴본 동철이가 침울한 표정으로 말했다.

 "사장님, 화장실의 썩은 냄새가 점점 옅어지는 것 같은데요. 오나비 녀석이 이젠 모든 것을 다 내려놓은 것은 아닐까요?"

 하긴 그럴 수 있었다. 벌써 4일째 어떤 움직임이 없었고, 물 한 모금 마시지 못한 상태만 유지해왔다. 다시금 생각해 보니 4일이 아닌 5일이 넘었을 수가 있었다. 더욱이 상상을 뛰어넘는 구타로 만신창이의 몸이라면 그럴 가능성은 농후했다. 세 사람은 이젠 어떠한 가능성도 없다고 여겼다. 석양 무렵의 시간이 되어 마지막 작별을 하겠다며 두 녀석이 화장실로 향했다.

 작별? 작별이라는 말이 이상한 무게감으로 어깨를

짓눌렀다. 녀석이 갈망했던 작별은 골목이었고, 또 다른 작별이란 그 지향점이 보이지 않았다. 그렇지만 우리네 인생살이 앞엔 항상 맞닥트리는 것은 존재했다. 회자정리가 아니던가? 주차장 시멘트 바닥을 가늠해가며 회자정리라 여기면서 녀석의 몸뚱이 크기를 가늠해 보았다. 그랬는데, 그랬었는데, 그 순간 기적 같은 현상이 감지되었다. 미세하게 눈꺼풀이 움직이기 시작했다. 이미 돌덩이로 굳어져 버린 줄로만 여겼던 깔깔했던 혓바닥을 구물구물 내밀었다. 구물거리는 혓바닥이 너무나 미세했다. 집중하여 보지 않았다면 전혀 알아차릴 수 없었다. 눈을 의심해가면서 재빨리 생수 물을 손바닥에 쏟아 놓고 녀석의 혀 앞으로 내밀어 봤다 간신히 혓바닥을 내밀어 물을 핥았다. 녀석의 혓바닥에 집중했던 세 사람은 동시에 탄성을 터트렸다. 아, 생명의 신비함이란 정녕 이렇게도 끈질긴 것이었던가. 무간지옥보다 더 가혹했을 것 같았던 시련을 견뎌낸 생명의 소생 앞에 경외감이 밀려들었다.

장례를 논했던 한 생명이 다시 태어나는 날, 정의로운 세상의 문이 열리는 것 같았다. 생명의 신비함이라 하여 모두가 조물주의 몫은 아닐 테지만, 죽음의 문턱 앞에서 다시 태어나는 생명줄 또한 조물주의 간섭 밖일 것이다. 그러므로 나는 끈질긴 생명의 소생을 바라보며 잠시 묵상을 했다. 오나비의 등을 휘감은 검은 털의 부드러운 질감 속에는 날 비린내들이 배어 있었다. 축 늘어져 있는 녀석을 바라보면서 믿기지 않는 현실에 탄성만 쏟아냈다.

달라진 이틀이 지났다. 오나비의 혓바닥 놀림이 서서히 드러나기 시작했다. 내리깔렸던 눈꺼풀의 움직임이 달랐다. 처연해 보였던 흰 수염들이 빳빳해지고 있다는 느낌이었다. 녀석이 구물구물 혀를 내민 지 5일이 지났다. 석양 무렵에는 종지에 담아놓은 물이 한 방울도 남아 있지 않았다. 이제는 죽지 않을 거라는 확신이 들었다. 물을 마신다는 것은 살아 있다는 증거가 아니겠는가. 분명 어떤 한고비는 넘겼다는 생각이었다. 다음 날 물과 함께 사료를 가까이 두었으나 사료에는 반응이 없었다. 하긴 그럴 것이라 여겼다. 동물병원 의사가 설명했듯이 갈비는 물론 근육이 거의 으스러졌다면, 창자 또한 성할 리 없다는 생각이 들었다. 사람도 물만 마시면서 보름 동안 생명을 유지해온 사례가 있었다고 하지 않았던가. 사람이나 동물이나 별반 다르지 않으리라 여겼다.

또 한 주가 지났다. 간신히 혓바닥만 내밀었던 녀석이 고개를 움직이기 시작했다. 나도 모르게 고맙다는 충동이 표출되었다. 아무런 의식 없이 오른손이 녀석의 머리로 향하고 있었다. 무심결에 머리를 매만지려던 나는 움찔했다. 머리를 제대로 움직이지 못하는 녀석의 눈동자가 적의敵意를 품고 매섭게 변해버려 있었다. 볼품없어 보였던 하얀 콧수염을 치켜세워 놓고 이빨을 드러내 보였다. 이제 오나비의 적의는 모든 사람을 향하고 있는지도 모른다. 아직은 그렇다고 단정을 해 버리기는 애매했다. 말 못 하는 미물이라지만, 처절했던 악몽의 잔재를 털어 낼 시기는 아닐 거라 여겼다.

소한과 대한 추위와 맞물린 가게는 1년 중 가장 한가한 시기가 되었다. 한가한 날들이 오나비 녀석에게는 다행이라는 생각이었다. 한가함이 상병자한테 많은 도움을 주었다. 동철이는 수시로 화장실을 들락거렸다. 녀석의 정성 때문이었는지 오나비는 또 한 주가 지날 무렵 고개를 쳐들었고, 사료를 먹기 시작했다. 똥을 정상적으로 쏟아내기 시작한 오나비는 점점 눈알이 초롱초롱해지고 있었다. 녀석은 자신의 육신을 상대로 처절한 싸움을 벌이고 있는지도 모른다. 말을 못 하는 고양이의 고통을 우리가 알 길은 없지만, 녀석의 눈만큼은 확고한 의지력이 서려 있었다.

사회의 무분별한 폭력이 원망스러웠고 대리 외상으로 여겨졌다. 녀석의 고통을 지켜보다 깊은 심연 속으로 빠져들 때면, 예고 없이 나타난 치한이 나의 복부에 일격을 가해 오는 환상으로 진땀을 쏟아내야 했다. 갑자기 나의 감기 증세가 심해졌다. 겨울 추위의 취약성 현상이라 여겼으나 쉬 가라앉지 않았다. 동네병원 처방을 따랐으나 콧물이 멈추지 않았다. 잠에서 깨어난 새벽이면 두루마리 화장지를 반 정도나 쓰레기통으로 구겨 넣었다. 기침은 멈췄는데 쉴 새 없이 쏟아져 나오는 콧물 때문이었다. 집사람 성화에 대학병원을 방문했다. 진찰 결과 비염 알레르기로 판명되었다. 아마 살아 있는 자의 정신세계와 신체는 서로 맞물리는 카테고리가 있었나 보다. 대학병원 교수라는 의사가 나의 축농증이 심하다면서 빠른 수술을 다그쳐왔다. 수술이란 병원에 입원해야만 가능했다. 뒤숭숭한 마음이라 후일로 미뤄뒀다.

오나비가 자리를 보존해온 지 한 달 보름이 지났다. 한 달 보름이 지났다지만 녀석의 몸뚱이에선 방귀 소리가 들리지 않았다. 후일 알았다. 고양이의 방귀 소리는 거의 듣지 못할 만큼 은밀하다는 것을, 당시엔 몰랐다. 아둔한 행위는, 녀석의 빠른 쾌유만을 바라는 마음이 앞서 취해본 행동이었을 것이다.

오나비는 세상에서 본인 하나만 존재 하고 있다는 믿음을 안고 허우적거릴는지는 모른다. 혼자라는 세상은 넓어 보일 것 같지만, 기실 혼자일 때의 세상은 한없이 좁은 세계였다. 만물이 어울려야만 비로소 넓은 세상의 구조를 만들어 나가는 것이었다. 짧게 방황했던 젊은 시절에 나는 보았다. 동해의 칠흑 같은 밤바다에서 외로운 새 한 마리가 밤새 울고 있는 것을 봤었다. 한 톨의 엽록소마저 저장할 수 없을 것 같았던 결핍된 몸뚱이가 활기찬 새 생명을 어떻게 잉태시킬 수 있는지를, 나는 새카만 내 그림자의 심장에서 볼 수가 있었다.

끈질기게 여겼던 겨울이 해동 앞에서 꼬리를 감추었다. 대동강 물이 풀린다는 우수가 지나고 오나비를 처음 만났던 경칩이 멀지 않았다. 봄소식은 성급하게 들려왔다. 마치 봄의 새싹인 양 오나비 녀석의 꿈틀거림이 시작했다. 머리를 추켜세우고 두 앞발의 힘만으로 몸뚱이를 움직이려는 듯한 행동을 드러냈다. 허물어진 몸통 뒤에는 감각 없는 두 다리가 붙어서 곤혹스러워 보였다. 불가능할 것 같은 행동들이 차츰차츰 현실로 나타났다.

두 앞발 힘으로만 움직이기 시작했다. 녀석의 움직임은 필사의 몸부림이었다. 논산 훈련소 시절 M~1 소총을 두 팔에 안겨 놓고 낮은 포복을 했던 자세와 흡사했다. 세상의 생명체들이 품을 수밖에 없는 처절한 삶이란, 필시 이런 이치가 숨어 있다는 것을 깨닫게 해주는 행동이었다. 발악하듯이 온 힘을 다하여 어설픈 몸뚱이를 움직이려는 것은 야성의 본능이라 여겨졌다. 나약하면 살아남지 못한다는 의식이었을 것이다. 처절한 몸부림은 살아야 한다는, 살아갈 수 있다는 불굴의 의지력인 것만 같았다. 안타까운 마음에 손을 내밀라치면, 매서운 눈초리로 아가리를 벌리면서 이빨을 드러냈다. 오나비는 격정激情의 날을 세웠지만 사실은, 그 격정이란 담아놓을 그릇조차 없다는 현실을 모르는 행동이었다. 그러나 녀석은 자신의 소신을 굽히지 않았다. 살아남아야 한다는, 살아남겠다는 집념이란 어떤 집착과도 결이 달랐다. 고립무원 여건을 견뎌 낸 녀석의 결기는 의연했다. 가게가 문을 열고 영업할 때야 자신을 돌봐 주는 동철이가 있다지만, 퇴근 시간이 지나면 그야말로 암흑천지나 마찬가지일 것이다. 화장실 통풍구를 통해 스치는 때 이른 봄바람의 음조만을 유일한 벗으로 삼았을 것이라 여겼다.

18

 오나비의 린치 사건은 녀석이 반겨왔던 손님들 입을 거쳐 전파를 탔다. 단골손님은 가게를 방문하면 먼저 여자 화장실을 찾았다. 오나비의 상태부터 확인했다. 연일 위로 방문이 이어졌다. 요구르트, 닭가슴살, 소고기 육포, 심지어 녀석이 외면하는 소시지를 사 오는 극성팬이 있었다. 녀석의 몰골을 바라보면서 안타까운 마음에 쏟아내는 말들은 제각각이었다. 어쩌다가? 대체 어떤 놈이? 말 못 하는 고양이를 이 지경으로? 그런 놈은 법의 심판을 받아야 한다며 이구동성 안타까움을 나타냈지만, 눈알만 깜빡이는 녀석은 어떤 생각을 하고 있는지 알 수가 없었다. 방문 단골들의 격려 때문이었는지 오나비의 원기 회복 속도에 탄력이 붙기 시작했다. 동철이는 아침 출근과 동시에 오나비의 화장실 문부터 개방해 주었다. 화장실 안에서만 기어 다녔으나 아직은 겨울 꼬리가 남아 있어서 밤이 길었다. 녀석은 힘겹게 몸뚱이를 끌면서 활동 영역을 점점 넓혀 나가기 시작했다.

린치를 당한 지 석 달이 지나갔다. 먹어 치우는 사료가 늘어나는가 싶었는데, 좌측 뒷다리 하나가 살아났다. 처음엔 후들거리면서 몸의 중심축을 제대로 잡지 못했지만 빠르게 균형을 잡아나갔다. 균형이 잡히자마자 화장실 안을 벗어나 매장 안으로 넘나들었다. 조심스러웠던 행동이 며칠 지나지 않아 보폭을 넓혀왔다. 녀석은 매장을 휘젓는 행동반경을 차츰차츰 넓혀 나가기 시작했다. 돌아다니는 반경을 넓혀왔지만, 우측 뒷다리 하나는 항상 질질 끌려다녔다. 어떤 환경에서나 살아남으려는 의지는 사람과 동물도 별반 차이가 없어 보였다. 어설픈 걸음걸이의 결기에는 결코 좌절은 하지 않는다는 새로운 삶을 잉태시키겠다는, 의연한 결기와 상상을 초월의 집념이 있었다.

녀석의 빠른 쾌유를 바라며 동물병원을 들락거리면서 고양이들의 식성을 알아봤다. 물론 제일 좋아하는 것은 닭가슴살이었지만, 여러 건강식품이 많았다. 당근, 브로콜리, 멜론, 멸치 등 셀 수가 없었다. 여러 종류 중에서 고양이들이 가장 좋아하는 것은 따로 있었다. 귀리를 최고로 여긴다는 설명이었다. 당장 귀리 화분을 사 왔다. 한 뼘 정도 자라난 귀리를 오나비의 코앞으로 내밀기 무섭게 뿌리까지 파먹을 기세였다. 화분 속 귀리는 자랄 시간이 없었다. 귀리 화분을 사 나르는 행동에 집사람이 덤덤하게 말했다. 저녁에 돼지고기 두루치기를 해주겠다는 말이었다. 집사람의 말이란 평범했는데, 나도 모르게 미묘한 감정이 치솟았다. 미묘함에는 나와 오나비의 처지가 교차 되었다. 34년을 함께 살아오면서 처음 겪는 남편의 행동을 보며 애잔함을 느끼는 집사람이 더욱 소중하게 다가왔다. 집사람 말은 봄바람만큼이나 부드러웠다.

나는 소주를 무척 즐겨 마셨다. 자그마치 51년 전에 처음 소주를 입술에 적셨다. 자그마한 위로의 동반자 말 한마디는 어떤 힘이 되어주었다. 어떤 힘의 원천이란 살아가는 원동력이었다. 이런 생각에 도달하게 되어 오나비의 행동에 더욱 집착했다. 엉뚱한 생각일지는 모르지만 매몰차지 못했던 나의 결단력이 지금의 현실에 일조했다는 생각이 귓불에 걸려 있었다. 진즉에 내쳐 버렸다면 이따위 상황을 만들어 내지 않았을 거라 여겨서였다. 어찌 됐든 고양이와의 동거로 지난날의 사변思辨을 모조리 걸러내고 있었다.

시시각각 변하는 계절은 만물의 아픔 따위엔 관여하지 않았다. 변화무쌍한 자연법칙을 알고 있었기 때문이었다. 그러므로 계절은 자연의 순리를 터득하고 있어서 자연 속에 숨어 있는 치유를 알고 있었다. 벼락 맞아 부러진 나뭇가지에서 새싹이 나오듯, 삼라만상의 만물은 소생의 법칙에 순응해왔었을 것이다.

  3월인가 싶었는데 4월 초입이었다. 완연해진 봄날이 코앞에서 몰랑거렸다. 출근 길목에 있는 목련 나무는 붓 필 같은 몽우리를 드러내기 시작했다. 뒤뚱거리던 오나비의 행동거지가 봄의 전령처럼 평행선을 찾아가고 있었다. 평행선을 찾았다지만 뒷다리가 모두 살아난 것은 아니었다. 다만 세 다리는 정상에 가까워 건강해 보였다. 나는 다시 한번 자연의 치유 앞에 경의를 표했다. 오나비가 움직일 때마다, 질질 끌려다니는 우측 뒷다리에서 흘러내리는 선혈이, 통로 바닥에 붉은 자국을 남겨 놓았다. 오나비의 꼬락서니를 바라보는 내 눈이 시려왔다. 사람 눈이야 그러거나 말거나 녀석은 무감했다. 안타깝게 여겼지만 뭔가 이상하여 질질 끌려다니는 뒷다리에 제법 힘을 가해 꼬집어 봤다. 끌려다니는 다리는 전혀 감각이 없었다. 녀석은 감각 없는 다리에는 아예 신경을 쓰지 않는 듯했다. 야생의 본능적인 자기방어 술책이라 단정하기에는 여운이 남는 행동이었다. 녀석의 아무렇지 않은 행동을 바라보면 한쪽 가슴이 시려왔다.

만약에 사람이었다면 저리 태연할 수가 없었을 텐데 해가며 어쩔 수 없음을 절감했다. 동물들이 드러내는 생존 법칙이라지만 바라보는 시각에 따라 달랐다. 만약에 아프리카 세렝게티에서 이런 행동을 했다면 고양이가 아닌 표범마저 살아남지 못했을 것이다. 다행히 이곳은 험난한 사지가 아닌 인격을 갖춘 사람이 드나드는 곳이었다. 오나비는 그나마 다른 동물보다는 더 나을지 모른다. 돌봐 주는 사람이 있어서 말이다.

세 다리로 지탱하는 삶에서도 생체 리듬은 지속됐다. 녀석의 2차 성징性徵이 시작되는 징조가 보였다. 야 홍 하면서 내지르는 소리가 굵어졌고, 털 빠짐 현상이 확연히 나타났다. 발정기가 찾아온 것이었다. 퇴근 때마다 화장실 감금 후 질러대는 야~아홍거리는 음색 상태가 노골적이었다. 녀석의 몸부림 행위가 나의 오감을 자극해왔다. 자신이 처한 형편을 전혀 고려하지 않는 행동 때문이었다. 이런 행동이 동물의 지각과 사람들의 편향된 지각의 차이라 여겨졌다. 녀석의 절제 없는 행동에 나는 또다시 조급한 마음이 들었지만 시기 상조였다. 안타까움보다는 살아 나가야 하는 현실을 부정할 수가 없기 때문이었다. 저런 몸뚱이론 매장에서 활동하는 것조차 무리라 여겼다. 녀석은 수시로 매장을 휘젓고 다니면서 현명한 선택지를 계산에 넣고 있었다. 가게 출입문 입구를 코앞에 두었으나 바깥 방향으론 머리 한번 돌리지 않았다.

 길고양이를 구조하면 먼저 동물병원에서 상태 확인을 한 후 중성화 수술을 시키고 방생하는 것을 TNR이라고 하는데, 무지렁이 꼰대인 나는 TNR 자체를 몰랐다. 발정기가 되면 녀석도 나도 난감했다. 어떻든, 녀석과 함께 생활해온 나날이 1년하고도 두 달이 지나고 있었다. 나이 먹어 가는 세월이 늘 그랬듯 지나가 버린 시간은 어제인 양 싶었다. 자신 몰래 빨라지는 육신의 노화가 시간과 함께 공존하여 그럴 거라 여겼다. 손을 펴서 움켜쥐면 한주먹거리만 같을 것 같은 시간 속엔 나와 오나비 녀석이 있었다. 녀석과 나는 두 번째 맞는 봄을 코앞에 걸어 놓았다. 봄이란 상징적이라기보다는 저마다 자각을 할 수 있도록 만들어 놓는다. 그래서 봄은 공평한 계절이었다. 봄꽃이 경쟁이나 하듯이 입술을 오물거렸다.

 산업 재해가 발생하면 어김없이 인권이 화두로 떠올랐다. 정규직과 비정규직을 떠벌리는 자들이 당사자를 부추겼다. 모든 근로 환경이 마치 잔혹사인 듯 호도해 나갔다. 노동 환경을 씨부렁거리는 인간 대다수는, 노동자 겉옷만 걸쳤을 뿐 노동자는 아니었다. 노동 환경을 들먹이는 사람들의 공통점이 있었다. 그들은 거의 현장 실무 경험이 없다는 점이다. 나는 그들이 주절거리는 근거와 이론은 다르다고 여긴다. 실무 경험에서 추출된 근거만이 참된 이론이라 여기면서 살아왔다. 세계 어느 나라에서든 산업 재해는 발생한다. 인간의 삶에서 불행이라는 단어가 없었다면 성숙 역시 무의미한 단어라 여긴다.

냉동 자재상은 빨리 찾아온 더위를 반겼지만, 반갑잖은 황사가 기승을 부렸다. 매년 냉동 시즌 때마다 겪는 일상이었다. 황사 못지않은 또 하나의 현상이 함께했다. 냉동 시즌이면 굴지의 대기업을 등에 업은 두 업체의 횡포 역시 황사와 비슷했다. 대기업의 아욕我慾은 자재상을 바탕 삼아 36년을 넘게 사회에 일조해온 늙은 꼰대의 마지막 멱을 움켜잡고 비틀었다. 점점 기력을 소진해버린 나는 저항할 힘이 달려서 방관해 나갔다.

선진국 문턱이라는 3만 불 시대가 도래되었다지만 세상살이는 시끌벅적하기만 했다. 잘난 사람도 못난 인간도 한목소리로 떠들었다. '이게 나라냐?'라는 말들이었다. 지난해 초겨울부터 광화문 일대가 촛불로 출렁거렸다. 정치가 무도하다 하여 촛불이 주저앉혔다. 매스컴은 마냥 잔치판이 벌어진 것처럼 들떠 있었다.

무수한 말들이 범람했다.

 무수한 말 중에는 말馬이 가장 많았다. 귀에 들려오지 않은 말발굽 소리만 대한민국 지축을 뒤흔들었다. 혹자는 대통령이 물러난 것은 21세기 측천무후則天武后때문이라며 떠벌렸다. 촛불이 타오르든지 최 측천무후가 말을 타고 광야를 달리든지, 나 같은 늙은이와는 상관이 없었다. 유사 이래 자유민주주의로 살아가기 좋아졌다는 나라는 바람 잘 날이 없었다. 타락한 종교와 기회주의자의 한탕주의만 시끌벅적 나타났다. 대중을 이끌어 줄 선지자는 없었고 위정자들도 그랬다. 그저 안정된 나라에서 굴곡 없는 세상이 되기만을 바랐다.

 국민이 주인이라는 새 정부가 탄생했다. 새 정부라 하여 새로운 세상이 도래되리라 여기지는 않았다. 항상 뱉어내는 말이란 구색 갖추기에 불과하다 여겼다. 새로운 정부의 첫마디 역시 그놈의 청년 일자리 창출이었다. 청년 일자리 창출은 나 같은 꼰대가 죽고 난 후에까지 사라지지 않을 위정자들의 미사여구에 불과할 것이리라. 내가 알고 있는 대한민국의 일자리는 넘쳐났다. 널려 있는 일자리 위에 또 다른 일자리 창출만이 시대적 요구라며, 떠벌리는 작자들이 부지기수였다. 나는 새로운 일자리 창출이 시대적 요구가 아니라, 널려 있는 일자리의 개선책이 우선이라는 생각이 앞섰다. 전국에 산개해 있는 일자리는 짓밟아 놓고 창출만 뇌까리는 것은 망국병인 것만 같았다.

 청년 일자리 창출에 쏟아붓는 돈을 개선책에 투입했으면 한다. 복지국가인 핀란드에선 초등학생 장례 희망란에 벽돌공이 있었는데, 우리나라는 크리에이터가 초등학생들 초미의 관심사라 했다. 근로 가치의 편견이라기보다는 어렸을 때부터 화려함만 주입해온 형태 때문일 것이다. 또다시 꼰대의 지난날 청춘을 되돌아봤다. 청년 일자리 창출이란 언어도단이었고, 청년지원정책은 고사하고 청년들은 은행 대출마저 거부했다. 그때와 견준다면 그야말로 청년들 세상이나 다름이 없었다. 체력이 감당할 수 있는 육체노동은 건강에 좋다. 힘들다는 핑계로 언제까지나 외국 노동자들에게 의존만 할 것인가? 우리나라는 지하자원이 부족한 나라다. 모든 걸 자급자족을 못 하면서 남의 손에만 의존하는 버릇이 고착된다면 결과란 뻔하다.

 당장 자재상 앞에 처해 있는 현실부터가 시급했다. 에어컨 설치 현장은 설치 보조 기사 구하기가 하늘의 별 따기에 버금갔다. 초보 보조 일당이 20만 원에 육박했다. 전선, 동파이프 제조업이나 유통업체나 구인난에 시달렸다. 풍산 같은 대기업마저 동파이프 제조 현장에 숙련시켜야 할 젊은이들이 소멸됐다. 결단코 돈이 적어서가 아니라 여긴다. 직업에 대한 귀貴와 천賤을 만들어 놓은 풍토 때문이었다. 일일 근무 8시간, 주 5일 근무에 공휴일을 보장했다. 내가 해 나가는 자영업보다는 훨씬 좋은 여건이었다. 실상은 이런데 일자리는 항상 부족했다. 대체 아귀가 맞지 않는 현실이었다.

새로운 정부는 청년 삶의 질을 앞세워 최저 임금을 대폭 올려놨다. 나는 임금 인상을 결단코 반대하진 않았다. 급격한 시급 인상으로 말미암아 파생하는 사회 혼란 대비책이 우선순위라 여겼다. 선후가 잘못된 정책을 반면교사로 삼아야 할 지난날은 차고 넘쳤다. 그러니까 시급 인상에 앞서 모순으로 점철된 사회상을 바로잡아가며, 전 국민의 공감대 형성이 당면과제라 여겼기 때문이었다. 대통령과 위정자들은 대중의 인기를 탐하지 말아야 했다. 전후 사정을 전혀 고려하지 않고 시행해버린 16.4% 임금 인상은, 사회 혼란을 조장시켜놓은 결과만 양산해 놓았다. 아파트 가격이 천정부지로 치솟았고, 약삭빠른 상인들의 반박과 맞물린 이질감만 양산해 냈다. 아무런 대책 없이 시행해버린 임금 인상 때문에, 서민들 주거비는 물론 모든 먹거리마다 20% 이상 인상됐다. 하석상대의 실상은 아무런 결과를 얻지 못했다. 민심만 더욱 흉흉하게 만들어 놓은 옹졸한 정책이었다. 나 같은 사람이 고려하는 실상을 늙은 꼰대의 낡아빠진 복고주의라 할 수 있겠으나 아니었다. 나 역시 나라의 한 축인 평범한 국민의 한 사람이다. 62년을 피 터지게 노력하여 겨우 이런 글을 작성하는 처지에 어찌 경제를 논할 수 있겠는가마는, 고진감래 발자국에는 천변만화 같은 세월들이 각인 되어 있었다.

 각박한 우리 사회에 남아 있는 선善이란 대개 고달픈 집단 속에 내재 되어 있다. 어렵사리 살아가는 사람들의 사고思考일 거라 여긴다. 힘겹게 살아온 사람은 누군가에게 피해 주는 것을 경계해왔다. 어렵게 넘겨온 고비 고비에는 참다운 삶이 동반했기 때문이었다. 고달픈 행로에는 한 가지 특질이 따라붙었다. 정직함이었다. 정직함의 일상에는 옆 사람 발등을 밟고 올라섰다면, 그 순간에 정직 자체가 무너진다는 사고가 내재 되어 있었다. 이런 삶이 바로 인간다운 삶이었다. 사람들에게는 지위고하 막론하고 양심이 있었다. 그러나 그놈의 양심이 똑같은 무게였다면 혼탁한 세상을 만들어내지 않았으리라 여긴다. 3만 불 시대라지만 사람들의 인성은 3백 불 시대보다 뒤떨어진 세상으로 변질이 되어 있다.

사회를 관류하는 성장 속에는 개조 대상자들이 존재했다. 성장 속 모순이었다. 편법으로 부를 축적한 자는 방탕한 자유를 만끽했고, 가난은 개 사슬만 같았다. 소득 격차 수준은 물질이 넘칠수록 나타나는 결과물이었다. 대지 행복한 자유는 함께 누릴 수는 없는 걸까? 자본주의 사회에선 풀어낼 수 없는 난제 중의 난제였다. 천태만상인 세속을 어떻게 획일적으로 변화시킨단 말인가. 자유 대한민국은 카스트제도의 인도가 아니기 때문이다. 그래서 위정자와 지식인들이 앞장서서 균형 잡힌 삶을 살아가도록 계도하며 미래를 설계해 나가야 하는 것이다. 나는 진정한 휴식이란 즐거운 근로만이 만들어 내는 산물이라 확신한다. 하지만 해내야 할 일보다는 편함만 추구하는 인간의 주둥이는 미사여구만 뱉을 뿐이었다. 지식의 두루마리를 걸친 자마다 기름진 주둥이만 나불거렸다. 근로에 대한 소중한 가치보다는 선동질만 해왔다.

대한민국 사회에 중추적 역할을 해내는 기업들은 존경받아야 마땅하다고 여긴다. 그러나 대다수는 잘못된 편견에 절어 있었다. 대기업은 물론 유망한 중소업체까지 자녀를 후계자로 지명해왔다. 함께 역경을 견뎌낸 직원들을 강아지처럼 여기는 풍토 때문이었다. 그렇다고 하여 훌륭한 기업이 없다는 뜻은 아니다. 유한양행

창업주인 유일한이라는 기업가도 있었다. 그분은 정도 경영의 선구자였고 본인 재산을 사회에 환원하였을 뿐만이 아니라, 가족과 친척은 경영의 참여를 금했다. 그러니까 우리 사회의 기업들이 친족 우선주의가 아닌 직원 우선주의를 실천했다면, 청년 일자리 창출 같은 헛소리는 내지르지 않았을 것이라 여겨봤다.

19

 가게 앞에 줄지어 서 있는 은행나무 가로수들이 파릇한 새싹을 드러냈다. 매년 라일락 향기가 진동하면 냉동 시즌이 발밑으로 스며들었다. 21세기는 봄날마저 짧아져만 갔다. 봄인가 싶었는데 뜨거운 태양이 혓바닥을 거침없이 내밀어왔다. 계절의 여왕이라는 5월 기온이 30도가 넘었다는 기상청 발표가 있었다. 매스컴은 기후 변화로 봄 가뭄에 섬사람 식수가 고갈되었다며 떠들었다. 낭만적인 봄비들이 자취를 감췄다. 회색 도시 삶이란 자연과는 무관했다. 올바른 인간다운 삶들이 미사여구로만 치장해 나갔다.
 사람의 일상사와 달리 살아온 오나비의 회복은 점진적 진행 절차만큼의 과정을 밟아 나갔다. 하루아침의 변화가 아닌 순리順理에 따른 회복세였다. 녀석은 마치 인간 군상의 질서를 자신의 몸뚱이로 알려 주려는 듯했다. 그러니까 삶의 정서란 자연의 순리를 외면하지 말라는 듯이 말이다. 자신이 불행하다 여기지 말고 불행이라 여긴 원초적 본질이 무엇이었던가를 새겨보라는 행위 같았다. 오나비가 극명하게 보여 준 실상은 다시는 살아나지 못할 것 같았던 우측 뒷다리였다. 질질 끌려다녔던 뒷다리가 어느 순간에 살아나기 시작했다. 녀석은 불사조는 아니었으나 자연의 조화를 받아들이고 있었다. 기적이라는 말마저 무색해지는 부활이었다. 시간은 덧없이 흐르지 않았다. 덧없지 않다는 시간에는, 오나비의 행동이 하나의 의문을 만들어 냈다. 외려 녀석이 주체 같았고 나는 객체 같은 현실이었다.

최근 들어 나의 몸뚱이 곳곳에 여러 징후가 나타났다. 그동안의 삶 자체가 무절제한 행동과 똥고집을 안고 살아온 결과는 질병이었다. 헬리코박터균이 위 점막에 기생하여 각종 질환을 일으킨다는 진단을 받았다. 정기적인 치료를 받던 중에, 야쿠르트에서 생산하는 윌 제품이 헬리코박터균에 도움이 된다고 하여 복용해왔다. 오나비는 네 다리로 걷기 시작하면서 그에 걸맞은 행동을 나타냈다. 우측 뒷다리를 약간 절뚝이면서 사무실로 파고드는 시간이 많아졌다. 안쓰러운 마음에 방관해왔는데, 녀석의 간섭이 되살아났다. 녀석은 내가 윌을 마시기만 하면 참견을 해왔다. 혓바닥을 날름 내밀어 놓고 월을 달라는 것이었다.

 고양이들이 헬리코박터균에 감염됐다는 말은 들어본 적이 없었다. 하다못해 내가 약대용으로 복용하는 월을 넘겨보는 무뢰배로 변했다. 우측 뒷다리 회복 속도가 빨라지기 무섭게 사무실을 아예 자신의 안방이라 여겼다. 아침부터 면상을 디밀면서 바지 밑단을 물어오며 같이 놀아주기를 종용해왔다. 가여움을 떠나 여간 귀찮은 것이 아니었다. 내가 이런 꼴을 보려고 무던히 애를 써왔던가를 생각하면 후려갈기고 싶은 충동이 우러났다. 귀찮다고 여겨 뒷다리를 다시 절게끔 할 수는 없는 노릇이었다. 죽자니 청춘 살자니 고생이란 말이 근거 없이 나온 말이 아님을 새삼 실감했다. 되살아난 현상에서 항상 이루어지는 신뢰감은 있었다. 녀석의 눈빛이 너무나 그윽하여 홀릴 때마다 해내는 행동을 잘 받아 주었다.

 오나비는 새까만 양 귀에 눈가를 내리덮은 검은 털보다는 뻗친 흰 수염에 묘한 매력이 있었다. 말썽을 부릴 때면 양편 흰 수염을 잡아당겼다. '얌전히 안 있으면 수염을 뽑아 버린다!'라며 큰소리를 쳐놓으면 네 발을 모으고 다소곳한 자세로 꼬리를 흔들었다. 물론 그 시간이란 채 1분이 되지는 않았다. 짧은 순간의 교감이었지만 항상 여운을 남겼다. 능청이라 여기면서 그랬다.

 오나비가 지난날 경리 손에 안겨 가게에 안착한 지 17개월이나 흘렀다. 돌이켜 보면 한 달만 돌봐 준다는 약속이었는데, 17개월이 지났다. 녀석과 함께해온 나날들이 유한한 세월 같기만 했다. 가축이라는 범주에 놓고 봤을 때, 고양이는 야생의 독립성을 그대로 유지한다는 글을 본 적이 있었다. 순수하게 길들어진 것이 아니라 그저 인간 사회에 스스로 적응하는 하나의 방편일 뿐이라는 글이 있었다.

 오나비를 또다시 시험대에 올려 봤다. 밖을 향하여 내밀기가 민망할 정도로 기겁해가며 가게 안으로만 파고들었다. 너무나 재빠른 행동에 머쓱해져 버린 기분이었다. 그러나 어떤 행위든 간에 녀석의 행동에는 치밀한 계산이 숨어 있었다. 녀석은 고양이치고 지능이 상당히 높았다. 바깥이라면 넌덜머리를 내보여 놓고, 길고양이의 움직임을 눈여겨 살펴나가고 있었다. 암중모색을 하면서 나름 철저하게 위장했다. 표면적으론 린치 사건 후의 바깥 세계에 대하여 몽니를 부리는 행동을 나타냈다. 어느 때는 잠복성 질병만큼이나 영혼 속에 자리 잡은 트라우마가 있는 것처럼 내비쳤다. 지금껏 함께 생활해 낸 시간마다 내가 녀석을 길들인 것이 아니라, 녀석이 나를 데리고 놀면서 변화를 유도해왔는지 모른다.

7월 장마가 본격적 시작된다는 예보였다. 예보는 정확했고 억수 같은 장대비가 쏟아져 내렸다. 급박해지는 세상과 포개졌든지 장맛비까지 지난날 같지 않았다. 무슨 한풀이를 하려는 듯 시간당 40밀리 가까이 퍼부었다. 점심에 닭가슴살을 세 개나 먹어 치운 녀석은 포만감에 하품을 쏟아내며, 사무실 망사 의자를 차지한 채 잠이 들었다. 오나비의 잠은 항상 반구 수면 상태로 보였다. 떠올리기 싫은 기억이지만, 지난해 재고 관리 소홀로 1천만 원이 넘는 결손 이후 달라진 일상이었다. 재고 관리와 자재 교체 시기를 살뜰하게 챙겨 나갔다. 반복되는 일과는 현재까지 완전한 전산망 시스템을 구축해 놓지 못한 자구책이었다.

언제나 비가 쏟아지는 날씨는 손님이 뜸했다. 가늘어진 빗속에서 두 녀석과 안팎 자재 정리를 끝내놓고 사무실로 돌아왔다. 한 시간 전에 얌전히 잠들어 있었던 오나비가 보이지 않았다. 바깥이라면 넌덜머리를 냈던 녀석이라서 2층 어딘가에 처박혀 있는 걸로만 여겼다. 예상과 달리 오후 내내 녀석의 그림자가 보이지 않았다. 가게 문을 닫을 시간이었는데, 꼬랑지는 물론 발자국도 남지 않았다. 린치 사건이 발생한 지 어느덧 일

곱 달이 지나갔다. 7개월이 지났다지만 걱정이 앞섰다. 영악한 놈이라 두 번 당하지는 않으리라 여겼다.

다음 날 아침 가게 문을 오픈했으나 녀석의 발자취는 더듬을 수 없었다. 가게 주위를 샅샅이 훑어봤지만 오리무중이었다. 때가 되면 자신이 동경했던 고향으로 돌아가리라 여겨왔다지만, 린치 사건이 워낙 잔인하여 걱정이 앞섰다. 녀석이 흔적 없이 사라진 지 3일이 지나고 한 주가 지났다. 한 주가 지났으나 오나비는 나타나지 않았다. 걱정에 앞서 녀석에게 있어 바깥 세계란, 인도를 찾아 나선 콜럼버스가 아메리카 대륙을 인도로 착각했다는 말에 버금가는 행태일 거라 여겼다. 혹여 또다시 린치를 당했는지 아니면 로드킬로 불행한 사태에 이르렀는지는 알 수가 없었다. 여러 생각을 해내면서 몇 달 전 녀석과의 회자정리가 떠올랐다. 회자정리에 앞서 세상살이는 항상 기이奇異했다. 눈앞에 있을 때와 보이지 않을 때의 차이란 아침 해와 저녁달만큼이나 달랐다.

한 주가 지나면서 차츰차츰 오나비가 아닌 하나의 길고양이 형상으로 떠올랐다. 다행히 제 자리를 찾았다면, 화장실 감금 같은 고통스러웠던 기억의 꼬리를 빠르게 잘라내 주기를 바랐다. 한동안 고양이라는 피조물과 어울리다 망각했던 내 나이가 어언 67살이나 되어 있었다. 모든 것을 내려놔야만 자유를 얻는다는 말이 와닿았다. 자재상 자영업을 시작한 지가 36년이 훌쩍 넘어갔다.

11년이 넘어가도록 고락苦樂을 함께해 낸 두 놈이 너무나 고마웠다. 마음속으로만 고맙다는 말이란 겉치레에 불과한 수사修辭일 뿐이라 여겼다. 앞으로 2년 5개월이면 나는 고희를 맞이한다. 인생살이 70이 지나면 다음날을 기약할 수 없는 나날만이 남는다. 여러 날을 심도 있는 생각 끝에 두 녀석과 마주 보면서 언약해 나갔다. 1년 후엔 가게를 통째로 넘겨줄 테니 임대료 외 자재 금액은 차근차근히 갚으라 했다. 나의 행동에 두 녀석은 난색을 드러내는 척했으나 이내 수긍을 했다. 갑작스러운 일은 아니었다. 2년 전부터 두 녀석에게 주입해온 터였다. 36년을 지속해온 가게인지라 거래처들이 비교적 탄탄한 편이었다.

그러나 가게가 탄탄하다 하여 아무런 걱정이 없는 것은 아니었다. 자영업 현실은 여러 가닥이 얽혀 있어서였다. 시대가 달라서 10여 년 전에 자립해 나간 선배들에 비해 두 녀석의 천성이 마음에 걸렸다. 앞선 선배들의 억척보다는 11시간 근무마저 불편스럽게 여기는 태도 때문이었다. 가게를 넘겨줄 바에야 말아먹든지 씹어먹든지 상관하지 않으면 뒤끝이 없는 것이다. 혹여

하는 결과를 예단하는 것은 아집 때문만은 아니었다. 현시대가 그만큼 복잡하고 난해한 세상이었다. 그럼에도 지금까지 단골 거래처들이 '쌍철'이라 불러온 것은 신뢰감이 내포되어 있다고 여겼다.

  규모가 크든 작든 장사란 결단력과 순간의 순발력이 빨라야 했다. 끊고 맺음에 주저함이 없어야 했고 시간개념에서 벗어나야만 자유스러웠다. 시끌벅적한 주위를 의식하면 헤쳐 나가기 어렵게 되어 버린 세상이었다. 물론 자신 발등에 불이 떨어지면 누구든지 헤쳐 나가기 마련일 터였다. 인생 여정이란 먼 길을 걸어가는 순례자의 행보와 같아서 험한 길마다 깨우침이 있는 것이다. 하지만 작금의 대한민국 현실은 깨우침에 앞서 허상이 만연하여 두 녀석의 앞날이 무척 불안해 보였다. 아무튼 주사위는 던져버렸다. 두 녀석의 분투가 이어졌으면 하는 마음만이 간절했다. 컴퓨터 전산망에는 소극적이었으나 장래 보장은 확실했다. 긍정적으로 받아들이는 두 녀석에게 감사하면서도 뫼비우스의 띠는 질겼다. 염려스러움은 앞날에 대한 미망을 떨쳐내지 못한 속물근성이 남아 있어서였다. 마음을 비우기가 이렇게 어렵다는 것을 깨닫게 해주는 며칠이었다. 매섭게 변해만 가는 시대가 자영업 일상의 변화를 유도해 나가고 있었다.

모두가 살아가는 일상의 자아란 하나의 실로 꿴 삶과 같았다. 흘러가는 시간 속에서 매시간의 굴곡에 따라 순간순간 변화하는 생이란, 세월과 함께 퇴화하여 추억이라는 담장을 만들어 놓는다. 막상 추억이라는 거울을 꺼내 놓으면, 건너편에서 서성거리는 젊은이를 바라보는 늙은이의 경계는 비어 있었다. 내면은 겉모습으로 비쳤고 겉모습은 내면 안으로 파고들었다. 모든 것을 내려놓겠다면서 돌이킬 수 없는 36년을 회상했다. 다사다난했던 세월 속에는 한 청춘이 절뚝이고 있었다.

실로 67년 만에 진정한 자유라는 문턱에다 발을 내디뎠다. 모든 걸 내려놓고 보니 억척스럽게 살아온 지난 세월에 무지개가 영롱했다. 자재 자영업이라는 무지한 세월과 살아왔다기보다는, 무지한 세월을 잘 살아온 것 같았다. 자유인이 되더라도 지난날은 소중히 간직하리라 다짐했다. 다시 한번 소중한 국가의 안녕을 바랐다. 늙은이의 마지막 바람이라면, 현시대의 중추적 역할을 해내야 할 젊은이들이 영명하게 살아줬으면 한다.

오나비 녀석이 자취를 감춰 버린 지 3주가 지났다. 8월의 무더위가 기승을 부렸다. 석양 무렵이 되었을 때였다. 길고양이 세 마리가 무리 지어 가게 앞을 지나쳤다. 무리에는 오나비가 함께했다. 나와 마주친 녀석은 길고양이 두 마리와 동행하면서 꼬리를 흔들었다. 눈물겹게 반가웠다. 살아 있음에 대한 감사와는 다른 애증이었다. 너무, 너무나 반가워 나도 모르게 '오나비야!'를 쏟아냈다. 녀석은 힐끗 한번 쳐다볼 뿐 무심히 지나쳐 버렸다. 한편으론 매정하다 여겼지만, 녀석은 완연한 길고양이가 되어 있었다. 또 한 번 내 가슴을 들여다보았다. 이제야 감성에 나약한 인간이었음을 알았다.

 오나비는 자유를 찾았고, 나 또한 자유의 길목을 찾아서 발가락을 꿈틀거리고 있었다. 녀석과의 만남은 우연이 아닌 필연이었다. 그 필연은 하나의 사물을 만들어 놓고 둘로 포개져 있었다. 녀석과 나의 경계는 늘 모호했다. 모호한 시간 안에서 자신만의 행로를 만들어 나갔지만, 그때마다 애틋하고 유별났다. 상반된 사고 속에서 아마 제각각 자신의 정체성을 찾아내려고 갈망했던 것 같았다. 세속은 이질적인 터전을 안고 공존한다. 그럴지라도 녀석과 나는 덧난 상처를 스스로 치유해 왔었다.

 오나비는 멀어졌고 뒤돌아선 내 그림자는 보이지 않았다.

책을 덮기 전 만나는 작가

나는 창작을 해낼 수 있는 사람은 아니라고 여겨왔다. 뼈대 있는 말을 짜낼 수 있는 배움과 이야기를 전개시키는 역량이 부족하다고 생각했기 때문이다. 그러나 세상의 풍파를 많이 겪고 부족함을 채우기 위해 책을 읽는 동안 내 안에 할 말이 많은 것을 알게 됐다. 헤밍웨이의 『무기여 잘 있거라』와 『노인과 바다』를 읽고 난 후 나도 글을 쓰고 싶다는 강렬한 느낌을 받았다.

소설은 무조건 창작만으로 채워서 쓰는 것이 아니라 경험에 밑바탕을 둔다는 것과 체험에서 비로소 창작적 비유가 나온다는 것을 알게 되었다. 나만의 경험과 생각들을 독자들과 함께 공유하고 싶은 간절한 바람으로 펜을 들었다.

이 소설은 미물이라 여겼던 한 생명체와의 소중한 경험을 쓴 것이다. 서로의 존재와 영역을 타협해가면서 인정하게 되고, 마음 안으로 들이기까지의 과정을 보여주고 싶었다. 편협했지만 부끄럽지는 않은 삶을 살아왔다고 자부한다. 그렇게 살아온 한 사람의 이야기이기도 하다.

― 저자 김용우

장편소설 **오나비**

지은이 김용우 **펴낸곳** 도서출판 상상인 **펴낸이** 진혜진 **편집** 세종PNP **기획·
디자인** 최혜원 **마케팅** 장주영 이은지 **책임교정** 종이시계 **등록번호** 572-96-
00959호 **등록일자** 2019년 6월 25일 **주소** 서울시 서초구 서초대로74길 29, 904호
전화번호 02-747-1367/010-7371-1871 **팩스** 02-747-1877 **초판발행** 2023년 9월 26일
전자우편 ssaangin@hanmail.net **ISBN** 979-11-93093-13-9(03810) **값** 13,000원